Kuki Gallmann

Die Farbe des Windes

Kuki Gallmann

Die Farbe des Windes

Aus dem Italienischen
von Sabine Prößl

Knaur

Dieses Buch wurde auf chlor- und säurefreiem Papier gedruckt.

Deutsche Erstausgabe Oktober 1996

Titel der Originalausgabe: »Il Colore del Vento«

Originalverlag: Arnoldo Mondadori Editore S.p.A., Milano
Einbandgestaltung: Marion Ernst und Siegfried Schiller, München
Satz: Ventura Publisher im Verlag
Druck und Bindung: Franz Spiegel Buch GmbH, Ulm
Printed in Germany
ISBN 3-426-60552-X

5 4 3 2 1

Inhalt

»Als letztes bitte ich dich,
Gedichte zu schreiben und sie uns eines Tages
dann lesen zu lassen.«

Paolo Gallmann

Für Paolo,
um ein vor langer Zeit gegebenes Versprechen
einzulösen.

Einleitung

»Mami, welche Farbe hat die Stimme des Windes?«
»Die Farbe des Windes ist weiß, Sveva, und ein wenig gräulich, wie die Schwingen des Adlers.«

In Afrika hat der Wind etwas, das ich nirgendwo sonst jemals gefunden habe.
Er kommt stoßweise und rauscht wie Wellen, die sich an einem Korallenriff brechen, und in Laikipia dringt er durch die ausgedörrten Palmenzweige meines *makuti*-Daches, wie ein exotischer Atem, würzig und nach Wüste duftend.
Auf seiner langen Reise ist er über Ebenen und erloschene Vulkane gefegt, über prähistorische Seen und über riesige Herden wilder Tiere – in der Weite der Savanne nur kleine Punkte –, um dann in wilden Wirbeln in den Schlund des Mukutan und in den Abgrund des Großen Rift-Tales hinabzustürzen.
Paolo liebte diesen Wind, und er liebte Afrika mit jener Hingabe, die nur diejenigen verstehen können, die jemals seinem Zauber erlegen sind.

An den langen Abenden in Laikipia, wenn der Westwind unaufhörlich weht und die Klagen der herumziehenden Hyänen und der Regenpfeifer mit ihren rosafarbenen Beinen herüberträgt, dann sitzt er immer noch oft bei mir neben dem Kamin aus rotem Zedernholz und Lavastein, den wir einst gemeinsam bauten.

In diesen Augenblicken verschmelzen Vergangenheit und Gegenwart miteinander, Erinnerungen drängen an die Oberfläche, und lang verloren geglaubte, auf den Schwingen der Zeit davongetragene Stimmen hallen in meinem Gedächtnis wider. Musik entfaltet sich im Zimmer, die Töne wie Wellen, weich dahinfließend, und von den weißgetünchten Wänden und den Kupfer- und Messinggegenständen strahlt der Schein der Flammen zurück. Auf den Teppichen schlafen unsere Hunde und träumen von endlosen Jagden. Auf einem eingewachsten Möbel brennt still eine Kerze. In einer Tonvase leuchtet eine rote Hibiskusblüte.

Daneben, gerade so, als blicke die Vergangenheit durch einen engen Spalt zu mir herüber, zwei Bilderrahmen mit den Fotos der Männer, die ich geliebt habe. Paolo, aufrecht und stolz, mit seiner Lockenpracht, wie er in höchster Konzentration den Bogen spannt. Und Emanuele mit seinem traurig-wissenden Lächeln, über einem Gewirr grüner Nattern. Er hält ein blondes Mädchen auf dem Arm, deren blaue Augen vor Lachen sprühen: Sie ist alles, was mir von Paolo geblieben ist. Und Briefe. Und Gedichte.

Ich habe schon immer gerne geschrieben, fasziniert von der Musikalität der Worte. Schon von klein auf habe ich dieses Mittel benützt, um meine Gefühle auszudrücken, um meiner Traurigkeit freien Lauf zu lassen, um meine Entdeckungen und meine Fröhlichkeit festzuhalten. Später haben Worte meine Katharsis herbeigeführt.

Während unseres gemeinsamen Lebens haben Paolo und ich uns immer wieder geschrieben und unsere Empfindungen und Gedanken festgehalten. Unter den Dingen, die er stets bei sich trug und die bei dem Autounfall, der ihn das Leben kostete, intakt geblieben sind, befanden sich zwei Tonbänder, auf denen meine junge Stimme die Gedichte vorlas, die ich für ihn geschrieben hatte.

Und so kam es, daß eines Abends, wie an Hunderten anderen Abenden, mit den Schleiern der Dämmerung, die Erinnerung an unzählige Nächte voller Poesie und Leidenschaft sich einstellte und mit ihr Paolos Stimme, die mich bat, nochmals zu sprechen.

Was folgt, ist ein Teil meines Tagebuches, jene lebendigen,

lyrischen, in Italienisch verfaßten Aufzeichnungen, die zwischen 1974 und 1984 in Kenia entstanden. Zehn Jahre wunderbarer Entdeckungen Afrikas, zehn Jahre Abenteuer, Angst, Freude und des nie wieder auszulöschenden Schmerzes, erst über Paolos und dann über Emanueles Tod, die Geburt meiner Tochter und mit ihr der neuen Hoffnung; der Entschluß, überleben zu wollen, und das Entdecken jener Mission, der ich von nun an den Rest meines Lebens zu widmen gedenke.
Es sind kurze Skizzen, Schnappschüsse aus meinem Gedächtnis, für immer in zerfledderten Notizbüchern festgehalten, die ich in einer kleinen antiken Truhe aus Sansibar aufhebe, die Paolo mir zu diesem Zweck geschenkt hatte.
Mit ihnen verwahre ich darin auch andere, wegen ihres Erinnerungswertes für mich äußerst wertvolle Gegenstände: Schulhefte, Briefe und alte Fotos; die himmelblaue Feder einer Glanzelster, einen zerbrochenen Ring, einen kleinen, zwischen vergilbten Seiten gepreßten Akazienzweig, einen Anhänger in Form eines zweigesichtigen Mondes, das Stück Haut einer Kobra, einen Stein vom Turkanasee, eine goldbraune, gewellte Haarlocke und eine aus glattem, blondem Haar, einen Champagnerkorken mit aufgedrucktem Datum und ein beschlagenes Glas, das noch das Gift von

Emanueles letzter Viper enthält und seine letzten Fingerabdrücke trägt.
Und diese Notiz von Paolo:

Du schüttest dein Herz in Poesie aus. Als letztes bitte ich dich, Gedichte zu schreiben und sie uns eines Tages dann lesen zu lassen. Du hast die Gabe, zu sehen, zu hören und dich mitteilen zu können. Ich habe die Zeit, die mir zur Verfügung stand, vergeudet, ohne ausreichend innezuhalten, um zu sehen, zu hören. Du aber hast es getan und hast die Dinge, die du erreicht hast, möglicherweise teuer bezahlen müssen. Vielleicht sind es die allereinfachsten Dinge überhaupt, aber da man ein ganzes Leben dazu braucht, um sie zu lernen, ist das das einzige wichtige Geschenk, das du uns machen kannst. Uns allen, die wir dich geliebt haben und lieben. Nur so wird alles wieder uns allen gehören: das Gute, das Böse, die Freude und die Ekstase, die Melancholie und der Schmerz, die Menschen und die Orte, und das »So-wie-es-einst-war«.
Ja, so, mit fast schon schmerzlicher Zärtlichkeit, werde ich dich stets vor mir sehen, du geliebtes Schattenbild, auf der Wiese in Laikipia, die Hunde neben dir, während du deine Gedichte schreibst. Und in deinen Gedichten werde ich, mit sturer Zähigkeit und unendlicher Freude, die strahlende Landschaft deiner

»Schmetterlingsseele« wiederfinden, der ich mein Herz hingegeben habe. Sei glücklich.

Dein Paolo

P.S. Solltest du es nicht für mich tun wollen, so tu es für Ema.

Nun, da ich in »Ich träumte von Afrika« und »Afrikanische Nächte« die Geschichte unseres Lebens niedergeschrieben und somit den Sinn und Hintergrund meiner Worte entschlüsselt habe, und während ich mich anschickte, andere Geschichten zu erzählen, kann ich es mir erlauben, auch diesen seinen Wunsch zu erfüllen.

Denn das einzige, das die Barriere des Todes überwinden kann, ist die Liebe.

Laikipia, im Juni 1995
Kuki Gallmann

1974 – 1975

Dies ist ein Tagebuch.
Der Freund, den ich nicht habe,
hört mir zu und schweigt.

Laikipia

Wir lebten auf der Ranch von Ol Ari Nyiro in Laikipia, ein verzauberter Ort mit ausgedehnten Tälern und steil abfallenden Hügeln, mit Savannen, über die Zebra- und Elanantilopenherden dahingaloppierten. Wo der Staub vom Ocker rotgefärbt war, die Luft trocken und nach Harz duftend, und wo Elefantenherden aus den Zedern- und Jasminwäldern auftauchten, um an den Teichen, die wir angelegt hatten, zu trinken und dann wieder geräuschlos zwischen den Akazien zu verschwinden.

Jeden Tag wanderte ich alleine mit meinem Hund Gordon durch das Gehölz, bis ich einen schattigen und ruhigen Platz fand, wo ich, an einen Akazienbaum gelehnt, mich zum Schreiben niederließ, eben in jenem Wald der *lugga* von Kuti, wo eines Tages »Damu ya Paulo«, Paolos Staudamm, errichtet werden sollte.

Jeden Abend gingen Paolo und ich auf einen anderen Hügel, um den Sonnenuntergang zu betrachten, weil die Aussicht auf den Baringo-See mit seinen uralten und verschlafenen

Inseln, je nach Blickwinkel und Entfernung, sich stets veränderte. Die prächtigen afrikanischen Wolken schoben ihre korallenfarbenen Ränder in einen zunehmend dunkler werdenden Himmel aus Blei.
Auf dem höchsten Felsen, oberhalb der mit gelbem Gras bewachsenen und von kühlen und klaren Abendwinden umwehten Anhöhen, saßen wir und beobachteten die Sonne, wie sie hinter der blauen Bergkette des Cherengani verschwand, und in der unvermittelt hereinbrechenden Dunkelheit des Äquators liefen wir Hand in Hand zum Toyota zurück.
Meinen neugierigen und verliebten Augen boten Afrika und seine Einwohner ein Schauspiel, das es in einer phantastischen Reise zu entdecken galt.
Mein Kindheitstraum hatte sich verwirklicht.

Laikipia, 1. Februar 1974

Rascheln durchzieht die trockene Luft
und im jähen Wind
wiegen sich die herabhängenden Äste des Pfefferbaumes
wie wallendes Sirenenhaar.

Selbstvergessen streift mein Hund umher
unsichtbare Feinde verfolgend
– spielerisches Lauern im schon trockenen Gras
das die Dezembersonne bleicht.

Gelegenheiten jagt er hinterher in der Gestalt
teilnahmsloser Schmetterlinge.

Laikipia, 1. Februar 1974

Hinter der geschlossenen Türe
höre ich ein tiefes Atmen:
Gordon hält Wache.
Ich lösche die Kerze
und Freundin ist mir die Dunkelheit.

Laikipia, 2. Februar 1975

Auf steiniger Straße
in einer weißen
Staubwolke
galoppiert heftig rüttelnd der Toyota
und in der Ferne
verklingen
kehlige Stimmen.

Laikipia, 4. Februar 1975

Die Nomaden der Hochebene
kennen da keine Probleme
sie stellen die Zeichnungen der Narben zur Schau
anmutig wie Schmuck
eintätowierte Strahlen rund um die Augen
Ohren zur Zierde zerfetzt
Ohrläppchen herabbaumelnd wie Geschmeide
und stolz sind sie auf die roten Perlen
auf das Ocker und auf den Kot, der ihr Gesicht verkrustet.

Laikipia, 1. März 1975

In Sonnenuntergängen zerstäubt
goldener Staub
und hängt sich in die Sträucher
sie verwandelnd.

Licht dickflüssig wie Honig
tropft die Hügel herab
und wandelt sich in Purpur.

Kuti

Anfangs lebten wir in einem ziemlich primitiven Haus, das ich, so gut es ging, mit dem, was ich fand, dekorierte und dabei mit einheimischen Materialien experimentierte. Währenddessen wurden neue Zimmer gebaut. Es war ein fast spartanisches Haus, in Kuti gebaut, ein Gebiet im nördlichen Teil des Gutes, inmitten von akazienbewachsenen Hügeln, wo sich vor allem Elefanten aufhielten.

Als ich mit Begeisterung und großer Sorgfalt damit begann, den Gemüse- und Blumengarten anzulegen, ahnte ich noch nicht, daß die jungen Triebe und die grüne, gut bewässerte Wiese sich zu einer Oase entwickeln würden und somit zu einer unwiderstehlichen Versuchung für Antilopen und Gazellen, Elefanten und Büffel, Vögel aller Art und Stachelschweine werden würde. Aber auch deren nächtliche Besuche gehörten zu den Freuden des Lebens in Afrika.

Paolo ging häufig auf Büffel- oder Elanjagd mit seinem Fährtenleser Luka oder mit Mirimuk und mit Freunden, die uns besuchten.

Ich mochte die Jagd nicht, auch wenn ich wußte, daß sie manchmal notwendig war.

Laikipia, 10. Februar 1975

Mirimuk ist mager,
heut noch mehr im khakifarbenen Hemd
die spindeldürren Straußenbeine
flink federnd im Absprung
ruhen müde im Schatten der Akazie.
Er, der Leoparden verfolgt
lautlos
leichtfüßig über feuchte Pfade schleichend
heut' bittet er mich um Medizin
– malariafiebernd glühen die Augen –
die himmelblauen Perlen der Kette
umkränzen glanzlos
den verschwitzten Hals, wie Holz.

Laikipia, 20. Februar 1975

Im Kamin
brennen *lelechwa*-Scheite
trocken und grau
und die gespeicherte Hitze langer Nächte
strömt aus
(nichts geht verloren).

Ich hier
– und von fernen Gipfeln herab, wie Lockrufe
entspringt alles überflutende Musik
und das Zimmer vibriert davon –
die Felle auf den gewachsten Steinfußböden ausgebreitet
und die amerikanische Stimme
wie der sich wiederholende Gesang des Frankolin.
Funkensprühend zerbirst ein Ast
und wird zu Asche.

Laikipia, 21. Februar 1975

Es pocht an der Mauer
und es schabt behende am verrotteten Verputz.
Im Halbschlaf höre ich
pulsierende Schläge.
Mir ist als wäre ich
mitten in einem großen Ameisenhaufen.

Laikipia, 3. März 1975

Der Geruch dieses Zimmers
ist wie am Samstag ein Sägewerk
wenn alle Schwarzen
müde
im Schatten der Pfähle schlafen.
Der Geruch dieses Zimmers
entströmt
Holzbrettern wundgeschlagen
  und wehrlosen Schnittwunden
Narben, deren Ränder
unterm Lack verschwinden werden

und deswegen, hier, heute nacht
begreife und liebe ich es
das rote Zedernholz
aus den Hochebenen Kenias.

Laikipia, 7. *März 1975*

Schweigen und Lauschen
Wanjoi der Koch
(würdevolles Schweigen, schimmernde Haut)
löscht mit schwarzen Fingern
die dünnen Wachskerzen.

Laikipia, 8. März 1975

Des Nachts der Wind
er kommt und geht
und in meinem Schlaf
unsichtbares Plasma.
Die jungen Bäume morgen
werden gekrümmte Rücken haben
und zerzauste Äste
zart und geknickt
gen Osten weisend.

Laikipia, 25. März 1975

Glänzende Augen
grün und silbrig im Licht der Scheinwerfer,
lachend flieht die Hyäne.

Plump galoppiert sie
zwischen Steineichen und Salbeibüschen
und zurück bleiben Steine
und die Erinnerung an lange Dornen.

Laikipia, 29. März 1975

Emanuele ist zurückgekehrt
ich genieße es ihn zu berühren
seine Haut zu spüren die ist wie die meine
seine Augen zu beobachten
die die Klugheit verfinstert
und der Scharfsinn erhellt.

Laikipia, 10. April 1975

Morgen wird eine neue Jagd vorbereitet.

Im Glas vom Eis beschlagen
glitzert der Likör
und es leuchten die Augen
in schweißglänzenden Gesichtern.

Morgen
werden die bereitgestellten Gewehre abgefeuert werden
und die Stille der Hochebene zerreißen.

Zwischen Myrtensträucher und Steineichen
wird sich der Büffel flüchten
blindlings
und in blutigem Schrecken
ein uraltes Gleichgewicht zerstören.

Ich hier,
die Arme um mich selbst geschlungen,
werde versuchen an nichts zu denken.

Laikipia, 11. April 1975

So ist die Elan verendet
die Hörner steil emporgerichtet
die Augen weit aufgerissen
spiegeln einen fernen Himmel
gebrochene Pupillen
der Insekten Beute bereits.

Laikipia, 19. Mai 1975

Mirimuks Frau
spuckt Blut.
Nützt es was, mein Antispasmin?
In die Hütte bin ich getreten
in der Hand die Medizin.
Mager erhebt sie sich
meinetwegen vom Strohlager
– rundherum Dunkelheit und Fliegen –
Ich habe
in meinem sonst flüssigen Swahili
stotternd erklärt
warum ich da war: ihr Erstaunen
übertraf das Leiden.

Beim Hinausgehen danach
beim Geruch des Todes
schämte ich mich meiner neuen Kleidung
und zerdrückte
mit der Hand
die perfekte Bügelfalte meiner Hose.

Laikipia, 3. November 1975

Nacht
und Sheba die Katze maunzt
himmelblaue Sphinxaugen
geäderte Kristalle der Schönheit.

Stille rundherum
unter den schwarzen Akazien
die die Schlangen der Nacht nicht erreichen.
Rotes Schilf, Duft von Passionsblumen
und gleichzeitig knistern
die ungleichen unveränderlichen Flammen
der Kerzen auf dem Nachtkästchen.

Es pulsiert nicht mehr
unter den stummen Sternen
der Generator
wie ein großes müdes Herz.

Laikipia, 4. November 1975

Das Feuer
und Stimmen in der Nacht
Hyänen der Einsamkeit
Schakale wie Schreie
und in der Dunkelheit
die Taschenlampe
zum Aufstöbern der gefräßigen Gazellen
um die jungen Blüten vor dem letzten Gelage zu retten.

Laikipia, 5. November 1975

Heftiges Flügelschlagen am Morgen
und aberwitzige Warnflüge.
So weckt mich die Schwalbe
haarscharf an meinem Gesicht vorbeischwirrend.
Im Nest über dem Bett
bleiben drei gefleckte Eier zurück.
Sie hat begriffen, daß ich harmlos bin
und das tröstet mich.

Laikipia, 16. November 1975

Ich habe Nguares Wunde
mit gelber Pomade
bestrichen
ein Allheilmittel
dem ich vertraue.

Er hat das Bein gehoben
wie ein Flamingo
um mir das Bücken zu ersparen.

Die gespannte Haut über dem knochigen Knöchel
war glänzend und braun
die Wunde aber rosarot
und er lachte deswegen.

Gigiri

In Nairobi besaßen wir in der Gegend von Gigiri nahe Rosslyn ein Haus mit einem großen schattigen Garten. Es war ein zweistöckiges, gemütliches Haus, das wir uns 1972 unmittelbar nach unserer Ankunft in Kenia gekauft und mit den antiken Möbeln eingerichtet hatten, die wir uns aus Italien hatten nachschicken lassen. Dort hielt ich natürlich auch Hunde.

Das Haus blickte auf das geheimnisumwitterte Gestrüpp von Karura Forest und war zu jener Zeit teilweise von Kaffeeplantagen umgeben. Die exotischen Blumen und die Urwaldbäume faszinierten mich, und ich widmete mich mit großem Elan der Gartenarbeit. Obwohl ich die meiste Zeit in Laikipia verbrachte und Nairobi, das so chaotisch war wie viele andere Städte, nicht besonders mochte, kehrte ich so manches Mal für einige wenige Tage dorthin zurück.

Durch die Fenster meines Zimmers drangen die Geräusche der Stadt, gedämpft durch die Bäume des Waldes.

Kenia ist ein direkt am Äquator gelegenes Vulkangebiet.

Hin und wieder weckten mich nachts leichte Erdstöße, und auch dies gehörte für mich zum Mysterium dieses uralten und faszinierenden Kontinents.

Nairobi, 19. November 1975

Bei diesem späten Regen
wird morgen rund um den Jakarandabaum
ein Teppich himmelblauer Blüten liegen,
und es wird schön sein, im frühen Morgenlicht
dem Gras beim Wachsen zuzusehen
und dem Wiederergrünen der Akazie,
die ich vor den Raupen gerettet habe.

Nairobi, 20. November 1975

Weiß sind ihre Augen
die Zähne wie trockene Kerne,
glänzende Gesichter und Stimmen tief
und nur einige, in der Stadt,
verstecken noch das Knochenamulett
unter der Bürokrawatte.

Nairobi, 20. November 1975

Unbeirrbar mitten unter den Autos
– bei grüngeschalteter Ampel
im Gewirr der Menschen im Zentrum –
zogen drei junge Krieger vorbei
warani-Massai
bemalt und geschmückt
mit den rituellen Farben.
Es blinkte die Lanze
vor dem ziegelroten *kikoi.*
Auf dem glühenden Asphalt
als Ehrenteppich ausgerollt
schritten die nackten Füße voran
unerschütterlich
an Dornen gewöhnt.

Nairobi, 22. November 1975

Eben: ein Beben
– es zitterte das Bett –
wie von ungeduldiger Hand gestoßen
ein Schwanken des Leuchters
und ein Blick auf die Stunde
enthüllt, daß es bereits Morgen ist.

Nairobi, 3. Dezember 1975

Ich denke zurück an ein Zimmer

Ich denke zurück an ein Zimmer
– der Halbschatten darin ein Geschenk –
kühl an sonnigen Nachmittagen
Flüstern und Geruch von Holz –
in der Schwebe zwischen den Zeiten
wie ein Sommertraum
Rascheln von Bettlaken
und süße
Musik wie Melancholie.

Ich denke zurück an ein Zimmer
antik wie ein uralter Heuschober
auch Morgendämmern und trockener Goldstaub
Echos vergangener Stimmen
geschäftiges Treiben im Hof
mit seinen weißen Steinen und Sand.

Ich denke zurück an mein Herz, absurdes
Pochen der Jugend
allzu abschüssig die Stufen
Sehnsucht nach Frieden
und eine braune Tür
in ihrer Maserung Erwartung.

Die Küste

In den Weihnachtsferien fuhren wir an die Küste, zum Indischen Ozean, hauptsächlich nach Kilifi oder Shimoni, wo Paolo so gerne mit Emanuele zum Fischen ging. Während ich, unter einem Affenbrotbaum sitzend, auf ihre Rückkehr wartete, beobachtete ich die Gezeitenfolge am Korallenriff, auf meinen Knien ein Heft, in dem ich, fast wie kleine Aquarellskizzen, meine Eindrücke festhielt.
Beim erneuten Lesen leben immer wieder die Bilder von damals auf.

Shimoni, 21. Dezember 1974

Die Insel des Vollmonds

Picknick bei Mondenschein.
Auf feuchtem Sand
zischt die Benzinlunte
zur Kohle, um das Feuer zu entzünden.

Im Kreise darum sitzend, flüsternd
auf dieser Insel aus weißem Sand
die das Meer gerade eben erst freigegeben hat,
grillen wir – wie absurd! – Würste.

Ich denke an die Kastanien
der kalten Winter im grünen Loden
und Halt suche ich in meiner Realität
im – immer gleichen – Geschmack des Weines
im Rot der Kohleglut – dort ein Klingen
in den Augen Emanueles –
tief und in der Dunkelheit glänzend.

Kilifi, 25. Dezember 1974

Das windgewohnte Segel des arabischen *daho*
holt Atem
auf den trägen Wellen
der Ebbe.
Ich
auf dem Zementtreppchen sitzend
denke an ferne Häfen
an längst vergangene Abenteuerrouten
an finstere gesichtslose Piraten
bewegungslos am Bug
– Turbane vom Monsun gelockert
Flattern von langen weißen Gewändern –
Stimmen rufen Allah
während sie gen Osten blicken.

Kilifi, 27. Dezember 1974

Hier
wird jeder Tag in der Morgendämmerung begrüßt
und wenn er stirbt
wird er begleitet und beweint.

Kilifi, 7. Januar 1975

Das Meer in Takaungu
blau und grün in den vorgelagerten Pfützen
zieht sich bei Ebbe zurück
und rote Krebse fliehen
zwischen Wasserpflanzen.

Schatten von Seeadlern
ziehen über den windfarbenen Sand
Möwen schreien
Rufe aus salzigem Wasser.

Kilifi, 8. Januar 1975

Von der Moschee in Kilifi herab
schweben die Gebete
sie treten ein mit mir in die *duka*
um Zucker zu kaufen.

Kilifi, 8. Januar 1975

In knöchelhohem Wasser zwischen schleimigen Algen
halb eingegraben im weißen Sand
habe ich – o Wunder –
einen Schildkrötenpanzer
aufgestöbert.

Behutsam hab ich ihn umgedreht
– goldbraune Äderung
wie wertvoller Marmor –
Massaischild
für die Stammesfehden bemalt:
stinkende Fleischfetzen noch an den Rändern
wie dichtgewebte Spinnennetze.

Die Sonne reinigt ihn
wie einen großen ausgerissenen Fingernagel.

Kilifi, 9. Januar 1975

In Mombasa gestern
trübte die Hitze die Augen
es schwitzten die Mangos
und die weichen Papayas
zerfielen
honigtriefend.

1976

Einem weißen Flügel gleich
schwebe auch ich
dem Horizont entgegen.

Laikipia, im Januar 1976

Vor dem gefalteten Blatt Papier
nun wieder beim Schreiben.
Der Generator zerreißt die Stille
aus Vögeln und Wind.

Ein Jahr ist gegangen
gewachsen ist mein Hund
und immer noch jagt er Vögeln hinterher
wie Phantasiegebilden.

Pembroke

Die Ranch lag sehr weit entfernt von allem, und in der Nähe gab es keine Schulen.
Emanuele mußte ins Internat, nach Pembroke, in der Gegend von Gilgil, auf halbem Weg zwischen Laikipia und Nairobi. Das kleine Schulgebäude aus grauem Stein war in den zwanziger Jahren erbaut worden, und rigide Disziplin traditioneller englischer Art vereinigte sich hier mit der abenteuerlichen Freiheit, in einer Landschaft von geradezu theatralischer Schönheit zu wohnen: grasbewachsene Pferdekoppeln, versengte Savannen mit Akazienbäumen, uralte aloebewachsene Hügel, platt und sandig, von denen herab man nachts Leoparden husten hören konnte.
Die Kinder durften kleine Haustiere halten, Affen, Hamster, Chamäleons und sprechende Papageien. Sie erhielten Schieß- und Boxunterricht, im Morgengrauen schwammen sie im eisigsten Schwimmbecken der gesamten Region des Großen Rift, sie bauten sich geheimnisvolle Hütten an den Hängen der Eisenbahnhügel, und Emanuele schaffte

es, so manche Schlange in seinem Kleiderspind zu verstekken.
Für mich bedeutete die Trennung von Emanuele eine immense Qual, die sich am Ende der Schulferien stets wiederholte. Nach dem Läuten der Schulglocke mit dem Auto durch jenes Tor auf dem grauen Asphalt der Straße hinauszufahren, um nach Hause zurückzukehren, und ihn dort zurückzulassen, so klein in seiner grauen Schuluniform mit der blauen Krawatte, umgeben von der Gleichgültigkeit ihm unbekannter Lehrer, bei dieser Erinnerung krampft sich mir heute, nach all den Jahren, noch immer das Herz zusammen. Damals war es nicht einmal am Wochenende erlaubt, die Kinder zu besuchen, für mich war es eine Folter, auf dem Weg nach Laikipia an der Schule vorbeizufahren und niemals hinein zu dürfen. Zwischen den einzelnen Trimestern gab es jeweils einen Monat Ferien, und in der Mitte eines jeden Trimesters lag Half Term, ein Zeitraum von vier Tagen, in denen wir mit ihm entweder nach Laikipia oder zur Küste fuhren.
Bei jeder nur möglichen und nur halbwegs erlaubten Gelegenheit wie Kunstausstellungen, Sportveranstaltungen und Schulaufführungen versuchte ich, ihn zu besuchen, und ich brachte der Schule Geschenke – Lämmer oder köstliches

Elanfleisch – in der Hoffnung, ihn, wenn auch nur flüchtig, sehen zu können.

Nach Pembroke zu fahren, bedeutete aber keineswegs auch, ihn sehen zu können. Er schrieb mir jede Woche, und ich habe noch all seine Briefe; vor kurzem, als ich die Gedichte für diese Sammlung aussuchte, las ich sie mit großer Traurigkeit nochmals. In einem Brief schreibt er, daß er mich vom Laborfenster aus gesehen hatte, daß ihm der Lehrer aber nicht erlaubte, hinauszugehen, um mich zu begrüßen. Schließlich brachte ich ihm sein graues Lieblingspferd, Cinders, und das gab seinen Tagen eine neue Dimension, vor allem den Sonntagen, die er damit verbrachte, davon zu träumen, nach Hause zurückzukehren, wieder bei mir und Paolo, den er vergötterte, zu sein.

Er war ein ausgezeichneter Schüler, der von Natur aus leicht lernte, er besaß einen ehrlichen, reifen und ausgeglichenen Charakter und ein profundes Wissen über die Tierwelt, der seine ganze Leidenschaft galt. All diese Eigenschaften verschafften ihm sehr bald Freunde und den Respekt der Lehrer, so daß das Leben in Pembroke erträglicher wurde.

Nairobi, 12. Januar 1976

Pembroke House

Emanueles Tränen
die Wärme seiner Haut
der blonde Flaum in seinem Nacken
und der Schulhof von Pembroke
grau in der Nachmittagsstunde.

In Pembroke

Unter den Pferden auf der Weide
habe ich versucht
Freund Cinders auszumachen:
aber den getrübten Augen
zeigten sich nur
zwischen blühenden Agaven
geschüttelte Mähnen
ungeduldige Schweife
die ausweichend
meine Einsamkeit
flohen.

Die erste Schlange
Liebt er mich, Emanueles Python?
Ich bin seine Amme und Freundin
friedlich liegt er um meinen Hals während ich schreibe.
Ziehen,
zitternd,
Gedanken durch sein Hirn?

Nairobi, 15. Januar 1976

Kaa
Sie hat weder Stimme noch Geruch
sie bewegt sich geschmeidig
in undurchschaubar vielfältigen Spiralen
blitzschnell prüft sie die Luft
mit ihrer gespaltenen Zunge
langsam schlängelt sie dahin
sich windend und krümmend
die Augen geöffnet, wie ein Objektiv:
vielleicht schläft sie, und ich weiß es nicht.

Nairobi, 16. Januar 1976

Emanueles Schlange
ist glänzend und neu
sie hat den Anschein eines glatten Bambus
unüberwindbar
ihr Gleichmut.

Laikipia, 17. Januar 1976

PEMBROKE
Die Achterbahn des Regenbogens
entsprang in der Schule in Gilgil.

Ich malte mir aus
wie Emanuele ihn schnell erklomm
und mit ihm den Hügel hinabglitt.

PEMBROKE
Nicht gekrönte Kraniche
nicht rosa Flamingos
nicht hochaufgerichtete Schlangen

noch königliche Großtrappen
aber mit gleichem Hochmut
die metallicfarbenen Paviane von Pembroke
gutturale Fremde
zum Einschüchtern.

Auf der Strasse nach Gigil
Im Asphalt die Kobra
im Todeskampf
sich noch windend.

Laikipia, *16. März 1976*

Für Ema
Du, dein Bild war das schönste:
sofort hab' ich die Palmen erkannt
die Agaven
und, wie gute alte Freunde,
die grünen Kakteen steil aufgerichtet
in den roten Himmel
den du so liebst.

Laikipia, 25. Februar 1976

Für Emanuele
Eben noch, ohne Steigbügel,
galoppiertest du mit nacktem Oberkörper
in der Sonne.

Nun aber
hast du die blaue Krawatte wieder umgebunden
das Haar wieder in Ordnung gebracht
und mit traurigem Lächeln
alles Licht
weggesperrt.

In Afrika leben

Manchmal gingen wir in Laikipia unsere Nachbarn besuchen. Carletto Ancilotto in Colcheccio oder Jasper Evans in Ol Maisor oder die Roccos und die Blocks in Naivasha. Und obwohl ich diese seine Leidenschaft nicht mit ihm teilte, begleitete ich Paolo eher aus Abenteuerlust zur Büffel- oder Löwenjagd; so manches Mal auch nachts, bei Mondschein.

Laikipia, 2. März 1976

Bei Jasper
Im Röhricht wogten die Papyrusblüten
wie Kranichköpfe
rotgefiedert.

Am verwesenden Fleisch an meinen Angelhaken
bissen Flußkrebse an:

diese Dinge bedeuten manchmal alles.

Bei Jasper
Beerenwein
herb und duftend
und das Entziffern der Silberstempel
auf antiken viktorianischen Salzstreuern
während Clippy, die Gazelle
die stoppelig feuchte Schnauze an meinem Bein reibt.

Laikipia, 3. März 1976

Der Turkanakoch
mit Namen Simon
– edles Profil –
mit rotem Fez und stolzer Haltung
erinnert an ein ägyptisches Graffito.

Seine schwindelerregende Magerkeit
entschlüpft flink in die Küche
und brät Eier und Speck.

Laikipia, 3. März 1976

Warten
auf Büffel am Teich
die schwarzen Hügel betrachten
von denen die Horde unter Gebrüll herabziehen wird.

Harzduftenden Staub weht der Wind herbei
der mit dem Mond aufgeht.

Im Schlafsack
den Kopf auf einem Stein
spitze ich die Ohren und warte.

Laikipia, 4. März 1976

Die Scheinwerfer ließest du ausgeschaltet
und Gazellen flohen
vor uns im kühlen Regen.

Versteckt zwischen großen Bäumen
war dein Haus
das Ziel.

Laikipia, 5. März 1976

Bellend flieht
jenseits des roten Pfades
in plumpen Sprüngen
das Pavianmännchen
und Gordon

– lautloses Schleichen
gespitzte Ohren –
sucht Schatten zwischen den Ästen
und im Sand nach
Fußspuren

Laikipia, 6. März 1976

AUF PAOLOS FELS

Vor der steinigen Höhe des Hügels
inmitten von alten Euphorbien
und sandfarbenen Blumen
betrachtete ich im Wind das Tal
begrünt von runden Sträuchern.

Nach Tieren hielt ich Ausschau
umrißhaft in den Lichtungen
reglos im Schatten ausgemergelter Akazien.
Luka mit knochigem Finger
entdeckte sie.

Laikipia, 12. März 1976

Der Wind in Naivasha
zerrt
mit staubigem Atem
wütend an den Ästen
der bärtigen Eukalyptusbäume.

Laikipia, 14. März 1976

DIE TROCKENHEIT
Wir warten
– ohne es zu wissen –
daß der Monsun abdreht
und endlich dieser trockene Wind aufhört
der ermattet und verroht.

Es riecht nach Regen
hoffnungsvoll schnuppern wir
wie Hunde.

Aber nur die Feuer der Kikuyu färben
diese Nacht korallenrot.
Die wahnsinnige Wärme
dieses endlosen Winters
zerknittert Gedanken
trocknet Kehlen aus.
Das Gedächtnis schwitzt.

Mit glühenden Augen
nehme ich – vage – wahr, wie die Wiese austrocknet
wie roter Staub von der Straße aufwirbelt
und wie Erinnerungen und Worte – verdörrte Blumen –
dahinschwinden.

Nur die Bougainvillen halten aus
und entzünden zur Mitte des Tages
trockene lilafarbene Flammen.

Nairobi, 15. März 1976

Kaa

Kaa gestern
sich in Spiralen windend
im grünen Wasser des gefüllten Bassins.
Schlange sein
an nichts denken
am Abend
auf dem Sand dahinschleichen.

Laikipia, 18. März 1976

Safari

Das Biwakfeuer
die Diener mit dem Turban
das Reden über die Jagd
und das Gesumme des Radios
unter dem grünen Zelt.

Nairobi, 1. April 1976

Mein Haus ist hoch
dennoch höre ich
die Geräusche des Grases
die Bäume drängen hinein mit Nestern
durch geöffnete Fenster.

Laikipia, 5. April 1976

In Colcheccio
auf der Ebene Zebras verfolgen
sehen wie die Herden auseinanderbrechen
und sich wieder kreuzen
hören wie sie im Fliehen bellen
zwischen versprengten Impalas
und Gnus.

Laikipia, 5. April 1976

Wie ein langgliedriges Gespenst
schweigend beim Trinken inmitten der Sträucher

die Giraffe
unverhoffte Gefährtin der Nacht.

Laikipia, *8. April 1976*

Der Gestank des Pythons
mit seinem von übertriebener Mahlzeit
aufgeblähten Leib
und die Gazelle intakt noch
unter der Klinge explodiert
Wellen von Fäulnis
im trockenen Flußbett des Mukutan.

Laikipia, *15. Juli 1976*

Eine Nacht auf dem See
weite Wiesen
hochgewachsene Akazien
und das schlaflose Flußpferd
bevölkert mit seinen Rufen die Nacht.

Nairobi, 6. September 1976

Weit entfernt ist meine Morgenröte
in der zäh sich dahinziehenden Mittagsstunde.

Die Erinnerungen kommen gleichzeitig
und versammeln sich wie Gazellen
und verwirren mich.

Laikipia, 9. September 1976

Im Gewirr der Seile
im Heck des Pick-up
– Geruch nach verwesendem Fleisch –
sehe ich den Leoparden
die gelben Augen geöffnet.

Jemand zieht
mit taktloser Gebärde
am langen Schnurrbart
die Schwarzen rundherum lachen
und schon wird geprostet.

Laikipia, 12. September 1976

Das Stachelschwein
Nungu-Nungu im Käfig –
das Klingeln der Stacheln wie trockenes Schilf
in unbeweglicher Luft.

Laikipia, 16. September 1976

In der Mondnacht ist
– laut knisternd wie eine Fackel –
Mirimuks Hütte abgebrannt.

Während das glühende Dach in sich zusammenfiel
standen alle schweigend ringsherum
und schauten.

Vielleicht sterben

Schlafen? Vielleicht auch träumen? Denn was im Todesschlaf an Träumen kommt, wenn wir der Erde Drangsal abgeschüttelt, Gedanke ist' s, der zwingt uns still zu stehen.

William Shakespeare, Hamlet

Nairobi, im Oktober 1976

Zu dieser Zeit entdeckte ich in meiner linken Brust einen Knoten. Im Verlauf eines Monats wuchs er ständig, so daß die Ärzte beschlossen, ihn herauszuschneiden, da die Gefahr bestand, daß es sich um einen bösartigen Tumor handelte. Die Gedichte aus dieser Zeit sind vor diesem Hintergrund zu lesen.

Das Morgen fürchte ich nicht
weder lange Abende des Schweigens
weder die klagende Stimme des Windes
zwischen den entblätterten Jakarandabäumen
weder die sonnigen Morgenstunden
auf den zerknüllten Laken meines unruhigen Schlafes
aber die unausweichliche Konfrontation
mit meinem Verstand
an dem Tag, an dem der Tod, mein Freund,
Bruder, engster Verwandter, der sich nicht entzieht
sich zu mir setzen wird.

Nairobi, im Oktober 1976

Für Paolo

Ich habe klare Augen sagst du
und die Haut so glatt wie du sie liebst
trockene Hände
angenehm der Mund und der Geruch
so siehst du mich in deiner abgöttischen Liebe
und ich, ich erdenke mir Fluchten
kleine Flugzeuge wie abenteuerliche Fesselballons

die über Landschaften schweben, die ich nicht kenne
Fluchten von Zebras in rote Sonnenuntergänge
andere Palmen auf unbekannten Stränden
Schmetterlinge im aufgeregten Flug
über die Rapsfelder meiner Jugend
und mit den Möwen der Phantasie
fliege ich im Gleitflug wogend dahin
auf geheimnisvollen Segelschiffen
folge ich dem Kielwasser des fliehenden Abenteuers.

Du siehst meinen Körper und mein Geist
macht sich auf den Weg
rollt weit weg
hinein in Herden die der Horizont färbt
gekräuselt wie Gedanken
dringt durch geraniengeschmückte Fenster
setzt sich auf die Dächer orientalischer Städte
und schnuppert die würzigen Düfte der Nacht
zwischen türkisfarbenen Kuppeln
erforscht jenes Afrika, das mir noch fehlt
des Atlantiks und der Urwälder des Binnenlandes
Farben und Stoffe und Trommeln …

Laikipia, im Oktober 1976

Man wird das Schaf grillen
an den Quellen des Mukutan
dort wo wir den Python
fanden
von der allzu großen Gazelle aufgebläht

Ich hier hinterfrage nichts
weder Gelüste noch Gedanken
Ich lausche noch dem Schweigen
Sehe meinen Blumen zu, wie sie zu einem Garten werden
und nehme nicht mehr daran teil.

Laikipia, im Oktober 1976

Zwischen Dornengestrüpp
die Spur des Leoparden finden
seinen Atem riechen
und in seinem Todesgeruch zittern.

Nairobi, im Oktober 1976

Leinenlaken
und auf dem Nachtkästchen Blumen
aus Messing das blanke Bett
und die altgewohnte Wärme
der Hyrax-Decke
ich hier
und mein Dasein verflüchtigt sich.

Laikipia, im Oktober 1976

Tränen werden getrocknet
auf rosa Wangen
auf ausgebrannten Pfaden.

Laikipia, im Oktober 1976

Niemand wird wissen wollen
wer diese Blumen gepflanzt
man wird Simons Ravioli essen
und von mir wird keine Spur bleiben.

FÜR PAOLO
Warum es nicht bekommen als letztes Geschenk
dein Lächeln
wie im Oktober die Mangofrucht?
Sei nicht traurig.
Sollte ich auch als erste gehen,
ich werde wiederkehren.

Nairobi, im Oktober 1976

Ich muß lachend siegen
das ist die einzige Möglichkeit.

November 1976

Der Tumor wurde entfernt und als gutartig diagnostiziert. Ich fand meine Fröhlichkeit wieder, und eine ganz neue Lust am Leben kennzeichnete die folgende Lebensphase.

Nairobi, 10. November 1976

Fort ist die panische Angst
der Tod hat die Tür
von der aus er mich belauerte
wieder geschlossen.
In meiner verwundeten Brust bleibt
sein violettes Zeichen
die blutunterlaufene gehässige Fratze der Stiche.

Nairobi, im November 1976

Eines Abends an einem himmelblauen Gewässer
entschlüpften Worte mir leicht
lachten Augen im geliebten Rausch
der gesammelten und tongewordenen Worte.

In der Verborgenheit des Kleides verschloß ich
triumphierend
unerkannt meinen Schmerz
aus Blut und Mullbinden.

Tracht aus Uganda
blaugestreift auf dunklem Rot und Gelb
Zeuge meines Triumphes
einer weiteren
lachend gewonnenen Schlacht.

Laikipia, 3. Dezember 1976

Auf dem Weg zum Rodolfo-See
Erstaunte Giraffen
gekrümmte Hälse
wie in Erwartung
Augen aus Samt
beobachteten uns beim Vorübergehen.

Laikipia, 7. Dezember 1976

Der Duft von Jasmin
heut' abend in meinem Zimmer
die gelbe Blume des Mondes
entfaltet leuchtende Blütenkronen
betäubt mich.

Laikipia, 10. Dezember 1976

Ich dachte
daß auch ich
rote Sonnenuntergänge
und das Geräusch der Schritte über Dornen
Farnkraut im Unterholz
Akazien wie Schreie im Staub
Büffelherden mit ihrem herben Geruch
von Gras und Schweiß
daß auch ich
sie hören würde.

Statt dessen
berühre ich heut' nacht meine Wunde
denke an heimische Blumen
englischen Rasen
Sonnenuntergänge über der Lagune.

Laikipia, 12. Dezember 1976

Noch leben
meinen Augen im Spiegel zu lachen
das Pflaster abnehmen
und – ohne zu erblassen –
die vergängliche Wunde betrachten.

1977–1978

Reisen und Erkundungen

1977 war ein Jahr der Reisen und Erkundungen, nicht nur in Kenia, wo ich mich lange an der Nordküste, in Lamu, aufhielt. Während der verschiedenen Ferien besuchte ich mit Paolo und Emanuele die Karibik, Tansania, die Seychellen und Madagaskar.

Lamu, 11. Januar 1977

IN LAMU
Die Dünen waren weiß
es war türkis das Meer
Pfützen wie Spiegel aus Quecksilber und Opal
himmelblau grünlich glitzernd
Sand zwischen den Fingern ins Wasser zerrieben
und das Wunder der Muschel
lebendig in meiner Hand
wie eine nicht gepflückte Blume.

Lamu, 11. Januar 1977

Mit dem Wasser spielen
über die Farben staunen
die unendliche Freude am Leben
das reine Glück zu existieren
und ich zu sein.

Lamu, 11. Januar 1977

Das karge Mahl
– Brot und kandierte Papayafrucht –
Geschmack nach Harz und Honig
unter dem großen Mangobaum
im Gras liegend.

Laikipia, 30. Juni 1977

Ich denke an Guadeloupe:
im Grün und Grau lag
ein Schmerz
in den Palmen
wie ein Klagen von Blättern.

Naivasha, 15. September 1977

Der Wind über dem See
läuft weißfüßig mit Vogelgekreisch
und ich lausche
der klanggefüllten Luft.

Laikipia, 6. November 1977

AM MUKUTAN
Die Sonne geht
im Wasser entzündet sich zwinkernd der Mond
fließender Atem zwischen Papyrusblättern
im Geäst der Akazien
sehe ich von oben wie er atmet.

1978

Im Schlamm
verliert sich der Geruch
von Federn und Flügel
des roten Staubes
so schnell.

Laikipia, *19. März 1978*

Wie ein Schatten der Leopard
königlich, unberührt
unbeirrt im lockeren Sprung losschnellend.
Einen Augenblick lang sehe ich seine schwarzen Pfoten
und er ist verschwunden.

Laikipia, 12. April 1978

War das eine Hyäne?
Oder hat
einen Augenblick lang nur
zwischen verblühtem *murillei*
zwischen ausgedörrten Jasminsträuchern
ein grauer Schakal
schüchtern gezögert
vor den Scheinwerfern?

Laikipia, 8. September 1978

In die Abende hinausgehen
Schatten und Spuren suchend
während zum Skelett die Akazien abmagern
Harzdüfte stechen
Spiegelungen und Wirklichkeiten
im *mustoni* auszumachen sind
und man wartet, hoffend
die Träume wiederzuerkennen.

Laikipia, 12. November 1978

Der Mukutan ist kein Fluß
von Wildbächen hat er die Anmut
auftauchende Steine
Gras fast wie Algen
Krebse als Kobolde
und Riesenschlangen
träge spiralförmige Schutzgeister
zwischen Palmen ohne Datteln
wuchernde Aloe ohne Duft
Abgründe von den Pavianen heißgeliebt
und schillernde Kuckucksvögel
zwischen Akaziengeäst.

Laikipia, 14. November 1978

Der Mist auf den Wiesen
wie Schokoladenüberzug
der vorsichtig auf die Torte
zu streichen ist.

In die Stille der Grillen
und Grasfrösche
keucht der Generator
und bellen die Hunde
die Schatten in Schach haltend.

An solchen Abenden
drängt sich die Dunkelheit dicht heran.

1979

Ich bin außen herum
und drinnen
das Leben.

PAOLO

1979 war Paolos letztes Lebensjahr.
Es war ein seltsames, intensiv gelebtes Jahr, voller Vorahnungen und Abenteuer, das wir dennoch stark nach innen gerichtet durchlebten und in dem uns bestimmte Ereignisse noch näher brachten und unsere Beziehung sich weiter vertiefte.
Wir sprachen oft über Venedig, das wir häufig besuchten und mit dem wir uns durch viele Erinnerungen verbunden fühlten. Wir erwogen, uns auch dort einen Wohnsitz einzurichten. Eines Nachts im Juni 1979, während er mit dem Wagen unterwegs nach Laikipia war, wurde Paolo von einer Bande von Kriminellen entführt. Sie beraubten ihn und sperrten ihn dann in den Kofferraum eines Autos, das sie im Wald von Ol Kalau zurückließen, wo er mit Sicherheit vor Kälte und Hunger umgekommen oder erstickt wäre.
Nach vielen Schrecknissen gelang es ihm, sich zu befreien und zu Fuß die Straße zu erreichen.
Diese Erfahrung veränderte ihn und flößte ihm Todesah-

nungen ein, und in ihm wuchs der Wunsch nach einem Kind, »weil sonst nichts von unserer Geschichte bleibt«.

Unsere Beziehung wurde immer tiefer, und der letzte Sommer, den wir miteinander verbrachten, war mit die intensivste Zeit unseres gemeinsamen Lebens.
In jenen Monaten schrieb ich viel, sowohl auf englisch als auch auf italienisch, vor allem Gedichte, die ich Paolo widmete, und was nun folgt, ist eine Auswahl meiner Eindrücke aus jener Zeit.
Am Ende des Jahres merkte ich, daß ich schwanger war.

Nairobi, 10. Juli 1979

Für Paolo
Ergeben will ich mich
der Freude dich zu erwählen.

Ich will, daß für einen Augenblick zwischen uns
die Zeit stillsteht
in deine Augen will ich sehen
während ich der Unendlichkeit nachjage.

Mir ist als stünde ich
in einem Lichtkegel
gleich einem Bühnenscheinwerfer.
Rundherum
freundliche Augen aus dem Dunkel
freundliche Stimmen aus dem Schatten
Rundherum
wunderschöne Gefühle von der Finsternis umhüllt.

Aber – wie geschieht mir
der Kopf dreht sich
das Hirn denkt nicht
das Herz
wie ein irregewordener Schmetterling
schwirrt und schwirrt
und beklemmende Erregung umklammert es.
Was ist das … was ist das
Es ist vielleicht das Hochgefühl, am Leben zu sein.

Nairobi, 17. Juli 1979

Es lag in der Luft
ein Geruch wie nach Wasser
und im Herzen
eine Feuchtigkeit wie von Worten
es nieselte und ein Geruch hing im Jaguar
abgestanden und fremd
nach Leder und verflogenem Parfüm.
Ich
wollte mein Heim
und ein nicht gefundenes Feuer

1. Laikipia. Die Wasserfälle von Maji Ya Nyoka
(FOTO LISSA RUBEN)

2. Laikipia. Das Tal der Quellen des Ol Ari Nyiro
(FOTO LISSA RUBEN)

3. Nairobi. Das Haus in Gigiri

4. Kilifi. Emanuele mit einem jungen Python

5. Laikipia: Emanuele mit einem Chamäleon und einer zahmen Gazelle
6. Kuki und Emanuele; eine von Grants Gazellen (FOTO PAOLO GALLMANN)

7. Madagaskar:
Emanuele in Nosi Bé

8. Beim Fischen:
Emanuele am Turkana-See

9-10. Vor der Abreise ins Internat von Pembroke

11. Emanuele und Cinders

12. Eine glückliche Kindheit: Emanuele und Rastus

13. Das erste Gewehr

14. Beim Reiten ohne Sattel im Weiher von Ngobithu

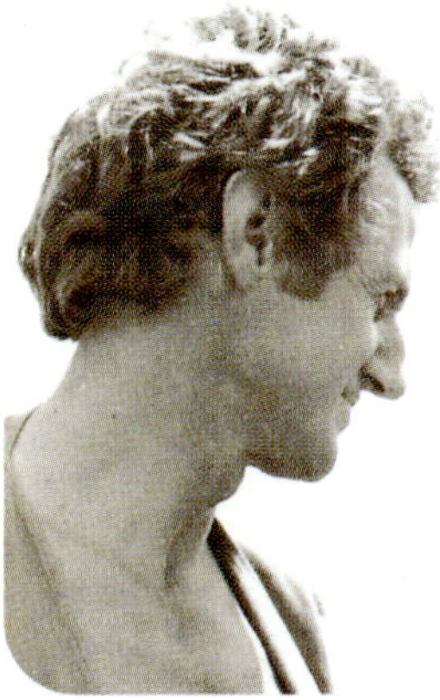

15. Paolo

16-17. Glückliche Zeiten: mit Paolo und Emanuele entlang der Quelle des Mukutan

(FOTO DAVINA DOBIE)

18. An Paolos Beerdigung
(FOTO AINO BLOCK)

19-20. Sveva, die Hoffnung
(FOTO GIORGIO BORLETTI;
FOTO MIRELLA RICCIARDI)

21. Emanuele wächst

22. Emanuele und Mirimuk bei den Wasserfällen des Mukutan
(FOTO GIORGIO MAZZA)

23. Das letzte Abendessen
(FOTO ORIA DOUGLAS-HAMILTON)

24. Emanuele mit einigen seiner grünen Schlangen
(FOTO IAIN DOUGLAS-HAMILTON)

25. Das letzte gemeinsame Foto
(FOTO ORIA DOUGLAS-HAMILTON)

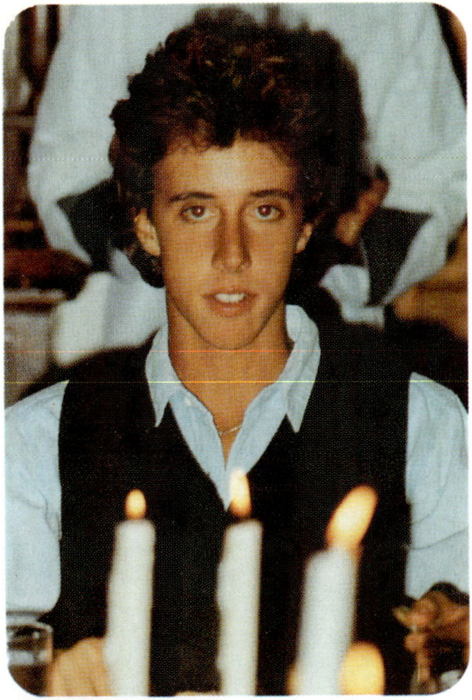

26-27-28. Von einem Stein auf Paolos Grab aus schaute ich eines Tages im April dabei zu, wie auf Emanueles Grab ein Stein gelegt wurde.

29. Kuti, im Mai 1983: Sveva und die zwei nebeneinander liegenden Gräber.

30. Alleine mit Sveva und Laikipia - beide zu beschützen und zu lieben.
(FOTO SIMON WELLAND)

und ein weiches Bett
und eine warme Umarmung

und statt dessen
breitete sich in mir die Einsamkeit aus
durch Worte Worte Worte.

Kilifi, 19. Juli 1979

An der Küste
In Takaungu kaufte ich Salz
kanga-blaue Kissen
und die kleine Frau mit dem *bui-bui*
kaufte bloß ein Ei.

Kilifi, 20. Juli 1979

Meine Gefühle
sind wie diese Wellen
Erinnerungen bringen sie von anderen Stränden
kommen von fern

unaufhaltsam
und brechen sich an den Ufern
meiner Seele.

Später, in der Frühe
werden wellenförmige Zeichen zurückbleiben
zitternd
der Sonne ausgesetzt
der Entschlüsselung harrend.

Laikipia, 25. Juli 1979

Im Dunst schwingen die Stimmen
schwimmen leicht dahin
schlüpfen in die Kissen
gleiten über die Teppiche
bimmeln leise
und es ist immer Venedig.

FÜR PAOLO
Und dann
das Merkwürdige dieser Tage

die die Leichtigkeit von Träumen haben
die Unbestimmtheit des Erwachens
wenn Realität noch in Schlaf hinübergleitet
wird uns verändert zurücklassen
und für immer anders.

Nairobi, 26. Juli 1979

Am Rande verzweigter Erinnerungen
und grünender Gedanken
die wie Träume scheinen
und der Musik der Erinnerung
da ist ein purpurner Sonnenuntergang
über sich vom Dunkel abhebenden Hügeln
und durch die grünen Bäume
dringt das Gebrüll
unsichtbarer Büffel des Abends.

FÜR PAOLO

Ich habe dich in einem andern Licht gesehen
die Tragweite mich zu erwählen
die Tragweite mir den Vorzug zu geben

deine unerschütterliche Entscheidung, daß ich
die Frau für dich war.

Heut' nacht zwischen Rauch und Feuer
habe ich endlich die wahre Vergeudung erkannt
aber solange uns noch die Zeit bleibt
für ein Kind der Liebe zum Lieben
werde ich meine Tage nutzen
und meine Nächte leben.

O ja, ich bitte dich
ein Kind, uns zur Erinnerung.

Paolo
bist du der Mann
den das blinde Schicksal
eines Abends beim Würfelspiel
für mich auserwählt hat
bevor die Zeit verging?

Kleines Quintett

Deine Musik beginnt
endgültiges innehaltendes Gesumme
und selbstvergessener Tanz
auf silbernen Kufen dahingleitend
auf der vereisten Lagune
gemeinsam mit dem Herzen.

Für Paolo

zu unserem siebten Hochzeitstag
27. Juli 1979

Schön war es dich wiederzufinden
mit dir
ist das Rot der Sonnenuntergänge tiefer
und zwischen den Wolken wachsen Seen.
In der Stille wogt
Insektengesumme
jubilierendes Rascheln

und wir entdecken Inseln
Strände von unsichtbaren Sonnen vergoldet

wundersam vertraute Buchten
und perlmuttschimmernde Fluten umspülen
unbekannte Ufer
zu denen wir eines Tages gehen werden.

(Im Flug)

Ich mag es, dir in die Augen zu sehen
weil sie golden sind
und sprechen.

Nach dem Kidnapping

Fortgehen mit deinem verstörten Gesicht im Herzen
fortgehen und die Kehle wie abgeschnürt
vom Schmerz

Fortgehen vom herbstlichen Grau
vom trägen, sich neu belebenden Haus
von den schwarzen Hunden die weiter unermüdlich
sinnlose Scheinkämpfe austragen
von den Tagen der Sicherheit
von deiner warmen Hand
von der aufregend verwegenen Tröstung deines Verstandes
von der milden Wärme und Bitterkeit

deiner kostbaren Zuneigung
um anzukommen
zwischen Wind und Palmen und zaghaftem Lächeln
um etwas hinterherzujagen
um »moment by moment« zu leben
um Schmetterling zu bleiben.

Wir müssen
mit anderen Menschen zusammenkommen
aber unseres Schlages
um diese unsere neuentdeckte
Fähigkeit zur Vereinigung
zu schulen.

Neue Mündungen suchen wir
für unseren Fluß.

Siehst du es auch
dieses irisierende Grün
wie Entenflaum

alle Wolken umsäumen
um sie in Muscheln zu verwandeln?

Sie gehen dahin
früher oder später
unsere Träume
wie freundliche Ritter die der Horizont verschlingt.
Es bleibt
das Echo ihrer Schritte
verwelkter Duft von Algen und Sonnenuntergängen
es bleibt
wie abgeschnürtes Leid in unseren Herzen.

In diesen Tagen:
Ruhe
ausgedehnt hat sich in mir
das Bewußtsein
und der Horizont weitet sich.

Da gibt es in diesem meinem Erwachen
die Pein eines unruhigen Schlafes

die Erinnerung an unerfüllte Träume
die Furcht überstandener Alpträume
die Realität der Gegenwart voller Liebe
   und Frieden
und ich kann auch weinen
kann mich auch verlieren
in der seidigen Weichheit der Welpen
in den orangefarbenen Flammen des Feuers
in diesen deinen blaugrünen Augen
und mich hingeben dieser totalen
Ausdehnung des Seins.

In diesem Augenblick der Gnade
bei diesem wachsenden Frieden
mit den sich ausbreitenden Schwingungen der Liebe
ist es schön, weißt du, sich hinzusetzen
   und zuzulassen,
daß es das Leben ist, das sich bewegt.

Heute
möchte ich dir danken
dafür so gewesen zu sein

dafür so zu sein wie du bist
dafür klare Augen zu haben
weil du mich auserwählt hast
als dein glänzendes Ei
und, in diesem friedlichen Glanz der uns umgibt,
danke dafür, daß ich dich sehe.

Eine neue Dimension
hat sich um uns herum aufgetan
in uns wohlgesinnten Farbtönen.
In ihrem Lichte
können wir gehen.

Die kleine Truhe aus Sansibar
die du mir schenktest
duftet nach Holz und Erinnerungen
an unbekannte Hände
die sie geöffnet und geschlossen haben.

Wenn Venedig
nach Wasser riecht in den Morgenstunden
da will ich gehen
die Brücken in weitausholenden Schritten ersteigen
den Wind kommen lassen
dieses blaue Licht
mir die Augen vergolden lassen.

Venedig wird nach Frühe duften
das Licht des Wassers
sich in den Fensterläden spiegeln
mit dem Flug der letzten Schwalben
werden Stimmen dialektgefärbt
hereinziehen
und mit ihnen das Klatschen der Ruder.
In den Cafés werden wir mit den Tauben sitzen
und weißen Wein trinken
wie staunende Touristen.

Naivasha, 28. Juli 1979

Heute, beim Hinuntersteigen der Böschung
war das Licht blaßgolden
die Euphorbien wie ausgestreckte Hände
die Akazien wie Spitzen aus Spinnweben
die Schönheit dieses Landes
hat mein Herz stillstehen lassen
und in dem freudigen Bewußtsein zu existieren
ist ein wenig vom Schmerz vergangen.

Naivasha, 28. Juli 1979

Es regnet.
Die flüssigen Finger
streifen die nächtlichen Scheiben.
So vergeht mein Leben
indem es über Wiesen
auf Seen
auf regenglänzenden holprigen Straßen
dahinfließt
und sich in Pfützen ausweitet

Werde ich es jemals bekommen, Paolo, dieses Mädchen
aus Liebe entstanden
in Wärme aufgewachsen
in der Sonne geboren
für unsere Hoffnung?

Naivasha, 28. Juli 1979

Vor Zeiten habe ich
die Oberfläche meines Wassers verlassen
das auch noch die allerleiseste Brise berührt
auf dem Insekten Linien
vergänglicher Spuren hinterlassen
das Regen und feinster Staub betüpfeln
und in das fremde Ruder
schmerzliche Schauer niederschreiben.

In die bewegungslose Tiefe hier
dringen Klingen aus Licht
und die stürmischen Strömungen
die nicht zur Ruhe kommen.

Naivasha, 28. Juli 1979

Erinnerung
an nächtliche Nilpferde
Erinnerung
an Morgenstunden kühl vor feuchtem Gras
und an einsame Büffel in der Lichtung
an Lockrufe von Hyänen
an ein Gefühl von Unwirklichkeit
an ein kleines blaues Flugzeug
in der unendlich weiten Senke der Mara-Ebenen
und an erstaunte Gazellen
und an drei
freundlich grüßende Gestalten.

Naivasha, 2. August 1979

Sie war zauberhaft
diese meine perfekte kurze Jahreszeit
Flügel habe ich gehabt
Licht habe ich gehabt
den Mut habe ich gehabt hinabzutauchen
von jenem Felsen senkrecht über das Unbekannte
und ich habe entdeckt fliegen zu können
und daß unten die Welt jung war
und grün.

Shimoni, 22. August 1979

»Die Entdeckung eines Friedhofs im Urwald«
Im kryptafeuchten Schatten
– Kirchenschiffe aus Lianen, spitz emporweisendes
Astgeflecht –
auf dem Fliesenboden aus gepreßtem Sand
feierliche Elefantenbäume als freistehende Pfeiler
und Muscheln aus Moos,
in der orgelflutenden Stille

die zur Musik verklingt,
schlafen namenlose Unbekannte
unter runden Kieselsteinen
die schmerzerfüllte Hände anhäuften:

und – vom Zufall geleitet und ahnungslos –
versagt die Stimme
unser Schritt wird langsamer
und im sterbenden Tag
verstummt das Meer.

Laikipia, 10. September 1979

Wenn die Worte verflogen sind
werden jene Fenster bleiben
und jene Palmen
und jene Windgardinen
und die Farbe
jenes Halbschattens.

Laikipia, 10. September 1979

In die Form der Dinge eindringen
und verstehen
warum die Blätter sich mit Lymphe ädern
und dann zerbröckeln
ausgedörrt.

Wieviel Lebenszerronnenes
umgibt mich.

Alles ist gleich.

Unglücklich war ich wirklich nur
als ich
»here and now«
vergaß.

Nairobi, 14. September 1979

FLIEGEN
In diesem klaren Himmel
Vogel sein
in unberührte Krater blicken
in tiefe Scharten
wo Wasserfälle fließen
unerschütterlich
das naturhafte Bewußtsein
eines ziellos fliegenden Adlers haben.

Nairobi, 15. September 1979

Schön ist es Wind zu sein
Flügel zu haben
mühelos zu fliegen
dieses Sichfortbewegen in der Luft
als Selbstverständlichkeit hinzunehmen.

Mailand, 27. September 1979

UNTERWEGS

In Mailand riecht die Luft
nach geschlossenen Schränken
nach ranzigen Mottenkugeln
nach Pülverchen
ausgestreut um blutleere Großstadtparasiten zu töten.

Kränkelnde Motten überleben
in vergessenen Schubladen
und die glänzenden Sonnentermiten
die kräftigen hoch über Savannen springenden
Heuschrecken
sind nur eine Erinnerung an Licht.

Laikipia, 6. Oktober 1979

Dieser Wind
Atem Afrikas
glühend heiß
durchzogen von unvermittelter Frische
ist Reisender über Entfernungen
riecht nach Mist und Harz
nach Staub und Urwald.

Nairobi, 11. Oktober 1979

In meinem Körper
die Prallheit einer Frucht –
gespannt ist die Schale meiner Haut
glänzend vor Saft und Leben
ich möchte nur wissen
ob ich schon ein Schrein bin
ob meine Perle dabei ist
sich emsig zu formen.

Nairobi, 13. Oktober 1979

Die Sonne entrindet das Gras
ihre Strahlen verfolgen uns
durchdringen uns
lassen sich in uns nieder.

Nairobi, 29. Oktober 1979

Ein Kind wollen
Dies sind lange und ausgebrannte Tage
das Warten färbt sich in der Farbe trockenen Grases
in Schreie von Kuckucksvögeln
des Morgens rauh
und während ich meinem Körper lausche
umzingelt die Spannung die Hoffnung
und schließt jedes Fragen aus
um nicht enttäuscht zu werden.

Am Ende
ich will es, dein Kind.

1980

Leb wohl, Paolo

Am 19. März 1980 starb Paolo bei einem Verkehrsunfall auf der Mackinnon Road, einem Abschnitt der Straße von Mombasa, als er gerade im Begriff war, mir die Wiege für das kleine Mädchen zu bringen, das bald geboren werden sollte.

In Nairobi, wo ich in der Zwischenzeit auf ihn wartete, überfiel mich zur gleichen Zeit eine plötzliche Vorahnung. Ich war im vierten Monat schwanger.

Da war nicht nur der dumpfe und verzweifelte Schmerz, ihn verloren zu haben. Da war nicht nur das Schweigen, die Einsamkeit, das Gefühl des »Nie wieder«. Plötzlich und unvorbereitet hatte ich auch eine Realität zu bewältigen, auf die ich nicht vorbereitet war.

Von nun an bestand mein Leben nur noch aus dem Warten auf dieses Kind, aus der Sorge um Emanuele, einen verstörten Vierzehnjährigen, der Paolo vergöttert hatte, aus einem zwar faszinierenden, aber auch riesigen und für eine alleinstehende Frau äußerst schwierig zu verwaltenden Besitz, mit seinen unzähligen und vielfältigen Problemen: die komplexen Beziehungen zum Personal, die Landwirtschaft, von der ich kaum Ahnung hatte, und die wilden Tiere, die es zu schützen galt. Und dann die Wilddiebe, die Rinderkrankheiten, die Trockenheit.

Es war *unser gemeinsames* Afrika gewesen, und nun plötzlich, ohne Vorwarnung, in nur einem einzigen Tag, wurde es zu *meinem* Afrika.

Halt fand ich in der Arbeit, der ich mich intensiv widmete, in der Hoffnung, die die Geburt unserer Tochter für mich bedeutete, und – wie immer – im Schreiben, das auf mich immer schon eine kathartische und therapeutische Wirkung ausgeübt hatte.

In der Nacht des 19. März und in den darauffolgenden Tagen und Monaten fuhr ich fort, mit Paolo zu sprechen, so als könne er mich hören.

Nairobi, 19. März 1980

Man sagte mir Paolo sei gestorben
gestorben
gestorben auf der Straße.
In mir jedoch
lebt er
sein vaterloses Kind
es wird er sein
es wird er sein
es wird mich mit seinen Augen ansehen.

Für Paolo, eine Stimme aus dem Dunkel

Ich weiß, daß ich unsere Geschichte aufschreiben werde
für ein Kind
das dich niemals kennenlernen wird.

Eines Tages werde ich dich wiederfinden
– oder vielleicht nie mehr –
wo ist deine Stimme
verloren unterwegs im Telefonkabel

verloren über die Entfernung
gestorben während du zu mir zurückkamst
und die Wiege für dein Kind mitbrachtest
in der es das Meer des Lebens
hätte durchfurchen sollen

du aber bist nicht hier
um ihm das Rudern beizubringen.

Zu Paolos Beerdigung

Deine Augen
hatten die Farbe des Wassers
Ja, du bist das Wasser
sie hatten
die Transparenz der Luft
ja, du bist nun dieser Himmel
deine Haut war sonnengebräunt
wie die Erde Kenias
ja, du bist dieser rote Staub.
Paolo für immer
für immer

für immer Paolo
bist du alles geworden.

Wozu dich lieben
mit dir reden jetzt
Wozu Paolo.

Nairobi, 19. März 1980

Hörst du mir zu in deinem neuen Land
in dieser Nacht der Verwirrung
hörst du mir zu, Paolo, du weißt, daß ich dich liebe
daß mein Leben ein Nichts ist
graue Zukunft ohne Fröhlichkeit
ohne Lebenspein
du, das Leben
du, Ausdruck der Lebensfreude
du, die Sonne
du, unser Sinn.

Nairobi, 20. März 1980

Aber du bist jetzt
dieses Sonnenlicht
das noch durch dieselben Fenster dringt
du bist diese Vögel auf den Ästen
die mit den gleichen Stimmen erwachen
du bist meine Tränen
und die Gardenien, die ich noch nicht gepflückt habe
du bist der Schmerz der Freunde
die Verzweiflung Emanueles
du bist hier und ich spüre dich jetzt
geh nicht fort.

Nairobi, 20. März 1980

Warum
während ich im Garten liegend auf dich wartete
füllten sich meine Augen plötzlich mit Tränen
und begriff ich, daß ich dich nie wieder
  sehen würde
und sah ich deine Beerdigung, in Laikipia,
und mich und Emanuele in Tränen,
versuchte ich den – ungesunden wie ich mir sagte
  – Gedanken
auszulöschen, zu verscheuchen.

Aber ich konnte es nicht und mußte
aufstehen und deine Musik auflegen
die sofort anhob
und sich weit ausbreitend hervorströmte
leichtschwingend wie Möwenflug
und Tanzschritte vom letzten Karneval.

Warum
habe ich lauter gestellt
und gedacht daß du ihr zuhören würdest

der Musik
die du für deine Beerdigung ausgesucht hattest?

Dann habe ich auf die Uhr gesehen
und später sagte man mir
daß es die Stunde deines Todes war.

Ich glaub' es nicht
ich glaub' es nicht
es ist nicht wahr, daß du nicht mehr hereinkommen
  wirst
nie wieder
mit deinem sicheren Schritt
in dieses unser Zimmer.

Es ist nicht wahr
ich glaub' es nicht
daß ich nie wieder
die Ankunft deines Autos hören werde
das Zuschlagen der Tür und sofort
deine Stimme »Cuchina?«
um sich meiner Gegenwart zu versichern.

Was ist Mackinnon
wo ist es
warum war es in dein Schicksal eingeschrieben?

Ja – sagtest du – wir machen das alles wenn ich
vom Meer zurückkomme
die Wiege, das Kinderzimmer
all die tausend zärtlichen Dinge –
aber du bist nie vom Meer zurückgekehrt
deine Rückkehr
dauert noch an, für immer.

Laikipia, 22. März 1980

Als erstes wird
die Erinnerung an deine Stimme verfliegen
verloren auf anderen Wellen
Reisende in andere Dimensionen
und ich werde sie ziehen lassen
sie vielleicht mit den Augen der Seele sehen
ihr wohltönendes Echo hören
im Rhythmus meines Herzens.

Der letzte Flug

»Wär' ich ein Vogel, so wollte ich ein Adler sein«, sagte Paolo.
»Flieg für mich, du Vogel der Sonne«, sagte Emanuele, »flieg hoch.«

Paolo wurde, so wie es sein Wunsch gewesen war, in Laikipia beerdigt, wohin ich ihn mit dem Flugzeug brachte. Ein letztes Mal flog ich also mit ihm, und es begleiteten mich zwei Freunde: Derek, der Pilot, und Amedeo, sein Jagd- und Abenteuergefährte.
An jenem Tag pflanzte ich auf sein Grab am Ende unseres Gartens eine Akazie, seinen Lieblingsbaum.
Ein weißer Adler, ein in Laikipia äußerst selten vorkommender Vogel, drehte während der gesamten Zeremonie seine weiten Kreise im Himmel über dem ausgehobenen Grab.

Laikipia, 23. März 1980

AUF DEM FLUG NACH LAIKIPIA ZUR BEERDIGUNG
Der Geruch der Blumen im Flugzeug
die Trauer Dereks
die starke warme Hand Amedeos
der immer klarere Horizont
das immer gold'nere Licht
und lichtdurchflutete Wolken
und dein Laikipia.

Laikipia, 23. März 1980

Wir haben einen Baum gepflanzt
auf dein Grab
die *murera* die du so liebst
so wirst du ruhen können
im Schatten
all die langen Jahre
den Kopf auf dem Kissen das ich dir schenkte.

Die rote Erde die in dumpfen Schlägen
auf deinen blühenden Sarg fiel

klang wie sich brechende Wellen.
Ich unter der *tandarua* sitzend
sah wie du verschwandest
in einer Staubwolke
bis das Herz stillstand
und eine Flut unterdrückter Tränen
in die Kehle stieg.

Laikipia, 23. März 1980

Ich bin aufgestanden
um mit dir
die Morgendämmerung zu betrachten
sag, hast du mich gesehen?

Da war eine rosafarbene Sonne
die Elefanten trompeteten
die Kerze brannte noch
die ich auf dein Grab
gestellt hatte
und das trockene kalte Gras
taugesprenkelt
begann zu erwachen.

Die große rote Blüte
erstrahlte noch
in den Farben der Sonne.
Schweigend leistete ich dir Gesellschaft.

Laikipia, 29. März 1980

Du bist schon angekommen
am Ziel dieser unserer Reise
du weißt schon alles
weißt wie die Winde wehen
und wie die Wolken
sich auflösen und wieder neu sich bilden.
Du weißt wie die Vögel fliegen
und warum die Hügel blau sind
du hast die Strecke
von der Geburt bis zu deinem Tode
schneller als ich zurückgelegt
– immer schon gingst du schneller –
sag mir, was das Geheimnis ist
du hast dich in alles zurückverwandelt.

Laikipia, 30. März 1980

Als wir dich beerdigten
als wir auf dich deinen Baum pflanzten
da schien ein fahles Licht
wir waren Reisende im Kosmos
am Abgrund der Unendlichkeit stehend
und der weiße Adler
flog darüber
in weiten Kreisen, rätselhaft.

Laikipia, 1. April 1980

So ist der März gegangen
und hat dich in seinem Wind mit fortgenommen.

Es bleibt deine Gestalt
flink federnd voller Leben
wie sie die Wiese überquert.
Es bleibt das Echo deiner Stimme
die himmelblaue Intensität deiner Augen
die mich noch durchdringt.

Es bleibt dein leeres Bett
das Durcheinander der herumliegenden Dinge
deine Bögen und die nicht abgeschossenen Pfeile
die in Reih und Glied wartenden Patronen
die Tennisschuhe – zu abgenutzt –
deine Musik

dein Kind, das sich in meinem Leib bewegt
die Fotos auf denen du für immer lachst
und diese Stille
in jeder meiner Nächte.

Laikipia, 1. April 1980

Ich habe die Buchstaben ausgesucht
die auf dein Grab gemeißelt werden sollen,
nur »Paolo« und das Datum im März
als das Schicksal kam.

Ich setze mich auf den großen Stein
den man auf dein Grab gelegt hat
mit dir betrachte ich die geliebten Horizonte:

fern im Dunst Enghelesha
und himmelblau Mugongo ya Ngurue
im Abendwind zittert
die junge Akazie die auf dir wachsen wird
und ich staune und weine
und finde keine Ruhe
ich versuche die Geheimnisse zu durchdringen
die du bereits kennst
die Wolken türmen sich auf
ein Theatervorhang aus Bögen und Strahlen
  und grauem Licht
deine Gegenwart ist überall
und dennoch allmählich verschwindend
und dennoch für immer flüchtend.

Laikipia, 1. April 1980

Ich wandle in einem Traum
Wirklichkeit und Unwirklichkeit vermischen sich
die Worte nützen nichts
meine Wolke löst sich auf und bildet sich neu
mit ihren silbrigen Rändern andere Wolken berührend

um dann für immer miteinander zu
  verschmelzen.

Wie Rauch
häufen sich die Gedanken
türmen sich auf und verschwinden in der Höhe.

Alleine sitze ich, haltlos,
einen Büschel Frangipani-Blüten fest in der Hand
die ich gepflückt habe
für dich
– ich habe keine Gardenien mehr –
ich bleibe sitzen
weggetrocknet jede Träne
kein Lächeln mehr
mit all meinen Warum.

Laikipia, 1. April 1980

Es wird also nie grau werden
Paolo
dein gelocktes Haar
dein goldener Glorienschein eines Apostels
um das klassische Antlitz.
Nie krumm, nie schleppend dein Gang
für immer wirst du über die Wiesen gehen
mit langen jungen Beinen
in kurzen Kaki-Hosen
dein sonniges Lächeln wird weiterhin scheinen
und ich will es nicht glauben.

Laikipia, 2. April 1980

Und dann kommt der Abend
aus dem Zimmer entweicht das Licht
und die ganze Last
meiner Einsamkeit
verdichtet sich im Herzen.

Laikipia, 12. April 1980

Aber nein es ist nicht wahr
ich betrachte dein lachendes Foto
deine reine Stirn und die klaren Augen
nein es ist nicht wahr
daß ich dich nie wieder werde leben sehen
das Haus anfüllen
mit deiner vibrierenden Gegenwart.

Jeden Abend durch die offene Tür
fliegt eine Fledermaus ins Zimmer
flattert zwei- oder dreimal um mein Bett
ich sage ihr: »Ciao Paolo« und sie
verschwindet wieder in die Nacht.
Bist du's? Bist du's wirklich?

Für Paolo

An jeden Tag ohne dich
häuft sich deine Leere
breitet sich dein Schatten aus
dein Abdruck in meinem Leben
ist wie die trockene Spur des Elefanten am Fluß.

Wo bist du?
Bist du noch Jemand?
bist du hier drinnen, noch ungeboren
in meinem Schrein
um mich zu trösten?

Sveva

»Emanuele, was wirst du alleine in Laikipia tun?«
»Dem Schweigen zuhören.«

Ich blieb so lange wie möglich in Laikipia, aber zum Ende hin kehrte ich schweren Herzens nach Nairobi zurück, um auf die Geburt unserer Tochter zu warten.
Laikipia, den Frieden dort, die Weite und die großen, scheuen und im Verborgenen lebenden Tiere zu verlassen, war jedesmal wieder sehr schmerzvoll, und jetzt, da Paolo von uns gegangen war, war das Leid noch größer, auch wenn das Warten auf die Geburt mich mit Neugier und Hoffnung erfüllte. Eingeschlossen in seiner Welt voller verzehrender Erinnerungen, voller wilder Tiere und wilder Natur, gefangen in seinem Schmerz wegen Paolos Verlust, entschloß sich Emanuele, dieser so ungewöhnliche, so tiefempfindende, so wunderbare Junge, bis zum letzten Augenblick zu bleiben.

Laikipia, 29. Juli 1980

Ungern nur verlasse
ich diese Wiesen mit den Schmetterlingen
die neugeborenen schlafenden Welpen
deine emporwachsende Akazie
und diese Stille.

Wenn ich zurückkomme
wird das neugeborene Kind da sein
und das Geheimnis aufgedeckt.

Laikipia, 30. Juli 1980

Emanuele
erinnere dich stets
an diesen sonnendurchfluteten Ort
an die roten Bougainvillen
an Paolos Grab
an deine Schlangen
an unsere Hunde
an die fernen Hügel
und an Pep, die dich liebt.

Am 18. August 1980 wurde ein Mädchen geboren, ein Sonnengeschöpf mit himmelblauen Augen, vital und von jener absoluten Schönheit, die einem den Atem verschlägt und die ich Sveva Paola nannte.
Paolo war in Afrika wiedergeboren.
Emanuele und ich waren nun nicht mehr allein.

1981–1982

Danach

Laikipia, 31. Januar 1981

Eines Tages schriebst du mir:
»… ich bitte dich, fahre fort mit mir zu sprechen.«
Das habe ich nie vergessen
und in der Einsamkeit dieser Nacht
nehme ich
den unterbrochenen Faden wieder auf
und jenseits des Schweigens
und jenseits dieses absurden dichtgedrängten Alltagstrotts
aus dem mein Leben ohne dich besteht
sage ich dir
daß ich dich liebe und nicht aufgebe
und ich weiß, daß du da bist und zurückkommen wirst
eines Tages hochgewachsen und mager
für immer jung
wirst du zurückkommen, Paolo, Geliebter
um meine Hand zu nehmen

um mich mit dir zu führen
bei der Entdeckung eines anderen Afrikas
und neben dir werde ich wieder
jenes Mädchen sein
aus unserem langen strahlenden Sommer.

Laikipia, 18. März 1981

Worte für dich des Nachts, Paolo
und keines reicht aus
um das Leid zu beschreiben
die Einsamkeit dieser meiner Nächte
die dumpfe Stille
dieser meiner Tage
die weiterhin ohne dich dahinschwinden
unterbrochen nur
und durchsetzt
vom kostbaren Lachen
vom Schreien
der kleinen Tochter
die du nie kennenlernen wirst.

Laikipia, 19. März 1981

Du siehst mich an mit Svevas Augen
lachst mit ihrem Blumenmund
atmest in meinem Zimmer
mit ihrem zarten Säuglingshauch
in den langen dunklen Nächten.

Laikipia, 13. April 1981

Deine Haare sind Akazienäste
kräftig und grün
mit starken Dornen
und kleinen fedrigen Blättern
und Windgesäusel.

Laikipia, 20. April 1981

Dein Name auf dem Stein
verwittert schon
zerfressen vom Regen

und von der langanhaltenden Märzsonne
um dich zu rufen, für immer
in den kommenden Jahren.

Laikipia, 18. Oktober 1981

Wenn in Enghelesha die Sonne untergeht
und die Umrisse ferner Hügel
gold und rot einfärbt
und der Geruch nach Harz und Staub
sich staut in der trockenen Luft zwischen den Akazien

wo bist du Paolo?

Wenn zum *dam* hinter dem Haus
unter lautem Krachen zerbrechender Äste
die Elefanten zum Trinken vordringen
und dabei die *murillei* wie ein Meer durchpflügen
und ich ihnen zusehe, einsam, erbarmungswürdig
vom Steuer deines Toyotas aus

wo bist du Paolo?

Wenn ich an den Nachmittagen davonfahre
unsere Hunde auf der Ladefläche
um Tiere und Mysterien unseres Landes
zu erforschen, aufzustöbern, zu entdecken
und das Herz sich zusammenzieht bei der Erinnerung
an andere Nachmittage voller Spannung und Neugier

wo bist du Paolo?

Wenn die Enten im Abtauchen
Frösche erschrecken
und der Wasserbock regungslos
durch die *lelechwa* zum großen *dam* blickt
und ich
auf den vor meinem Angelhaken zögernden Fisch warte

wo bist du Paolo?

Wenn ich des Nachts
dem schlafenden Atem deiner kleinen Tochter
  lausche
und der Generator mit einem letzten Klopfen
  verstummt

und das Ei des Mysteriums,
dein letztes Geschenk,
in der Dunkelheit sich wiegt

wo bist du Paolo?

Und wenn an Sonnentagen
ich auf dein Grab mich setze
zarte Grashalme wegzupfe
die Akazie die du bist betrachte
den Stein den die Vögel schon für sich entdeckt haben
und die Kehle sich spannt und die Tränen hervorbrechen
und ich dich rufe mit der Stimme der Seele

wo bist du Paolo?

Laikipia, 3. Oktober 1981

Ich frage mich ob du deiner Musik zuhörst
die wie eine Hymne ich dir in die Abende schicke
die aus diesen reinen
mit herrlichen Sternen geschmückten
afrikanischen Nächten emporsteigt
die den Raum durchdringt
um dich erneut zu finden.

Laikipia, 15. November 1981

Auf Windpferden stürmtest du dahin
über Wiesen und Horizonte galoppierend
mit dir brachtest du das Abenteuer
und deine magnetische Gegenwart
fesselte die Aufmerksamkeit und die Herzen.

Es belebten sich die blutleeren Salons
wenn du erschienst
Ritter ohne Fehl und Tadel
himmelblaue Augen voller Ferne

das Haar wie der Glorienschein eines Condottiere
strahlend wie ein antiker Krieger
und die Frauen liebten dich
es beneideten dich die Männer
und ich war stolz deine Auserwählte zu sein.

Das Leben erschien uns noch
eine fröhliche Abenteuersafari
die wir miteinander teilen wollten.

Laikipia, 17. November 1981

Sich selbst verzehrend fährt Emanuele fort
das zu tun was du ihm beibrachtest
fischt Schwarzbarsche in Enghelesha
steigt ins eiskalte Wasser um das Netz zu werfen
schießt nach der Scheibe
übt Bogenschießen und setzt sich dann auf die Wiese
umarmt die Hunde
und schaut in die Ferne.

Das Haus hallt wider
von deiner Abwesenheit, Paolo.

1982

Im Juni 1982, zwei Jahre nach Paolos Tod, lernte ich – bei einer Hochzeit auf dem Lande – Aidan, Geschöpf des Himmels und der Wüste, kennen.
Was ich während dieser Zeit schrieb, ist vor allem ihm und unserer aufregenden und abenteuerlichen Beziehung gewidmet und gehört nicht zu dieser Sammlung.

1983

LEBWOHL, EMANUELE

»Oh where is my wandering boy tonight, the boy who was the bravest of all?«

Anonymus

(Oh, wo ist mein wandernder Junge heut' nacht, der mutigste von allen?)

In Emanuele, der von frühester Kindheit an die Natur und die Tiere über alles liebte, hatte sich nach Paolos Tod die schon immer vorhandene Leidenschaft für Schlangen noch weiter entwickelt.
Er begann damit, sie ernsthaft zu erforschen und zu sammeln.
Die Heiterkeit, die mit der Geburt Svevas bei uns Einzug gehalten hatte, und die in mir durch Aidans Gegenwart neuerwachte Lebensfreude wurden auf tragische Weise zerstört.
Aidan ging fort, so wie er gekommen war, und ich sah ihn

viele Jahre nicht wieder. Das schlimmste Unglück meines Lebens brach über uns herein.
An einem sonnigen Morgen im April wurde Emanuele von einer seiner Vipern gebissen.
Alle Versuche, ihn zu retten, waren vergeblich.
Er starb kurz darauf in meinen Armen.
Er war siebzehn Jahre alt.
Ich bahrte ihn in meinem Bett auf, setzte mich neben ihn, und während der alptraumhafte Schrecken jenes Tages und jener Nacht mich umfing, schrieb ich noch einmal.
Hier einige jener Gedichte und meine Elegie zu seiner Beerdigung.

Laikipia, 12. April 1983

Heute, in meinen Armen, tödlich gebissen von einer fauchenden Schlange, der er gerade das Gift abnehmen wollte, ist Emanuele gestorben.
Er ist gestorben für immer für immer für immer.
Und die Tränen reichen nicht aus, und es gibt keine Worte.
Er ist gestorben in der Sonne auf Colins Wiese, und Mapengo und Simon sahen zu. Er ist in der Sonne gestorben. Es schneite in Venedig, als er geboren wurde.
Hier sitze ich, es ist 13 Uhr 40, und um 10 Uhr 35 ist er gestorben.
Hier sitze ich und sehe ihn an.
Er liegt auf meinem großen Bett, auf Paolos Seite, dessen Tarnhemd er sich so sehr gewünscht hatte und das ich ihm, nun endlich, gegeben habe. An seinen Füßen die Motorradstiefel. Um das Handgelenk ein Kupferarmband und eines aus geflochtenen Lederbändern.
Er liegt da, bekleidet mit seinen sauberen, kurzen Hosen, die er immer trug und die ich ihm voller Liebe angezogen habe. Ich habe ihm das letzte Erbrochene, das ich nicht mehr getrunken habe, als ich bis zuletzt – vergeblich – versuchte, ihm mit künstlicher Beatmung noch einmal das Leben zu

schenken, aus dem Gesicht gewaschen. Der blaue Schleier des Todes breitet sich wie ein Schatten über sein Gesicht aus.
Er kann mich nicht hören.
Ich kann nicht mehr zu ihm sprechen.
Aber ich kann noch schreiben.

Laikipia, 12. April 1983

Ein Laken bedeckt dein Gesicht
auch eine rote Hibiskusblüte habe ich darübergelegt
mir scheint das Laken bewegt sich
du atmest
du atmest
steh auf also steh auf
sag daß der Scherz zu Ende ist.

Du wirst keine Kinder haben.
Dein junges unfruchtbares Leben.
Dies ist der Augenblick all das in die Tat umzusetzen
woran ich glaube.

Kuti, Nacht des 12. April 1983
(Aus dem Englischen)
Zu Emanueles Beerdigung, morgen nachmittag
den 13. April, im Garten von Kuti, um 3 Uhr.

Gestern morgen erst lachten wir zusammen
heute bin ich hier; mit deinen Freunden,
dich zu beerdigen, Emanuele.

Einen Ehemann zu beerdigen war hart
meinen einzigen Sohn zu beerdigen ist gegen
die Natur
ein Schmerz den Worte niemals auszudrücken vermögen.
Du warst erst siebzehn
und doch bereits ein Mann
und konntest mit dem Leben spielen
mit der Selbstsicherheit eines Erwachsenen.

Du bist gestorben im Bewußtsein zu sterben
aber du hast dich nicht gefürchtet.
Du warst mutig
und du warst schön
du warst intelligent und großzügig

du schenktest Liebe und Freundschaft
und besaßest Liebe und Freunde.

Mit allen teiltest du dein Lächeln
deinen Charme deine Hilfsbereitschaft deinen
  Enthusiasmus
deine Zukunft war ein Versprechen
von Herausforderung und Abenteuer.

Du warst erst siebzehn
aber viel reifer in deiner Weisheit
und nun kennst du schon die Antworten
auf alle Fragen.

Ich frage dich, wo bist du wirklich
da dieses nur dein Körper ist?
Bist du dieser Wind, Emanuele,
oder bist du der Himmel über uns?

Ich werde dich für immer suchen
und dich in jeder Blume sehen
in jedem Vogel, in jedem roten Sonnenuntergang
in jeder sich davonschlängelnden Schlange:

denn alles was schön ist
wirst du sein für immer.
Alles was jung und kühn ist
alles was gut und stark ist.

Du warst ein außergewöhnlicher Mensch
dein kurzes Leben war außergewöhnlich
und außergewöhnlich war
dein plötzlicher grausamer Tod.
Für uns – die zurückbleiben –
bleibt nur
die Frage
nach dem Warum solch einer Vergeudung:
wo ist sie hin all diese Liebe?

Ich hoffe du hattest eine gute Reise
denn du bist bereits angekommen.
Noch etwas, was Paolo eines fernen Tages
für dich schrieb:
»Fliege für mich, Vogel der Sonne. Flieg hoch.«
Ich liebe dich.

Laikipia, 13. April 1983

So haben wir dich beerdigt, an einem sonnigen Nachmittag.
Deine Freunde sind gekommen
festlich gekleidet mit Krawatten,
die Mädchen in Kleidern bunt wie Blumen.

Es war dein letztes Fest
Emanuele, mein Junge
es war dein letztes Fest
Emanuele, mein Liebling.

Laikipia, 14. April 1983

FÜR EMANUELE
Die Sonne wird wieder aufgehen Emanuele
und die Wolken dahingaloppieren
der trockene Wind Afrikas
wird immer über dein Laikipia wehen
deine Schlangen werden weiterhin dahinschlängeln
neben dem Fluß
wo wir sie freigelassen haben

außer deiner letzten Viper
die neben dir begraben wurde – Zahn um Zahn.

Mit klarer Stimme werden die Vögel singen
und die Elefanten werden trompeten
an Sonnennachmittagen
werde ich mich auf dein Grab setzen
die Akazie pflegen die dein Körper nährt
deine für immer verlorenen
siebzehn Jahre beweinen
und die Verschwendung deines reichen jungen Lebens.

Wir lieben dich:
wenn du dieser Wind bist
liebkose nochmals unser Gesicht
wenn du die Sonne bist wärme uns
und wenn du ein fallender Stern bist
dann bitt' ich dich, falle in meinen Garten.

Laikipia, 14. April 1983

Es schneite in Venedig und es war kalt
in der Januarnacht in der du geboren wurdest,
Emanuele.
Es wehte ein warmer Wind und die Sonne Afrikas
spiegelte sich in deinen erloschenen Augen
als du starbst,
Emanuele.

Die Vögel sangen noch
unsere Hunde bellten
in ihrer Grube die Schlange
schlängelte ahnungslos dahin.

Ich habe dir die Augen geschlossen und dich geküßt
dort am Boden
auf Colins Wiese

und ich wollte sterben
aber ich konnte nicht

ich wollte daß sich der Boden unter mir auftut
mich und dich und alles verschlingend

statt dessen blieb mir noch
die Pflicht die Ehre der Schmerz
auch dich zu beerdigen,
mein Liebling.

Laikipia, 14. April 1983

Dieser Duft des Todes
ist dein Duft
mein Liebling
das faule verderbte Blut
zieht sich aus deinen zarten Knochen zurück
o Emanuele,
in diesem meinem Zimmer
Nachthyazinthen bereits verblüht
Orchideen noch unversehrt
dein trauriges Foto, mahnend
es tropft der erste Regen
auf das tränendurchtränkte *makuti*-Dach
dein Feuer erlischt in Asche
und du – kalt und längst für immer
verloren und bereits
nur noch Andenken geworden.

Ich liebe dich
Ich liebe dich
Ich liebe dich
ich bitte dich sag mir daß du es weißt
und schon nicht mehr leidest.

Laikipia, 16. April 1983

Ein weiterer Morgen nach einer langen Nacht
aus Feuer und Worten
aus Musik und Tränen.
Ein weiterer Morgen
mit einer noch jungen und rosafarbenen Sonne.
Auf deinem Grab
noch die Reste unseres Champagners,
auf der Wiese eine verloschene Kerze
und dein kleiner tapferer Baum
unsere Hunde darum herum.
Ich hier und du wo
und du wo
und du wo bist du?

Laikipia, 21. April 1983

Lukas Schritten folgen
und seinen schwarzen Beinen
Büffel in die Flucht jagen
durch das Geräusch von polternden Steinen
den Geruch von Harz und Staub einatmen
und im Wind Emanueles
Stimme hören
gehen und gehen
um auch meinen Körper zu erschöpfen
Nashörnern nachspüren
entlang den Ufern des Mukutan
am Ort unseres letzten Picknicks mich niederlassen
und dich wieder sehen,
du hochgewachsener, aufrechter Junge
mit deinem Bier in der Hand
während du auf diese deine Mutter hinunterblickst
und ihr zulächelst.

Für immer wirst du lächeln Emanuele
für immer für immer bleibst du
der wunderbare Junge den alle haben möchten

für immer mein verlorener Liebling
hast du mich alleine gelassen.

Laikipia, 22. April 1983

Mit Colin den Stein zu suchen
für dein Grab
einen Stein rosa und gelb von der Sonne
einen Stein deinen Namen darein zu meißeln
einen Stein für immer
neben Paolo zu legen.

Wir suchten
stiegen
auf Hügel unzugänglich und stachelig vor trockenem Gras
zwischen Steinen suchten wir andere Steine
und plötzlich sahen wir uns an
und sagten: Was tun wir eigentlich
sind wir verrückt geworden, warum?

Laikipia, 25. April 1983

Nachts auf der Wiese wandelnd
– das Gras ist gefroren und kalt –
dem Licht des Feuers folgend
an deinem Grab ankommen, Emanuele.

Die Blumen zerfallen auf aufgehäufter Erde
deine kleine Akazie wächst
schwach noch und blutjung
ich stehe hier mit Gordon dem Hund
das einzige übriggebliebene männliche Wesen
ich stehe hier während ein fahler Mond
von Wolken behangen alles überragt
während langsam der Schmerz
drinnen sich in mir aufstaut
gurgelnd
wie das Blut deiner letzten Nacht
als ich auf meinem Bett liegend
neben deinem Körper
während der unruhigen Totenwache
der Hoffnung nachhing daß alles nicht wahr sei.

Laikipia, 25. April 19833

Emanuele, mein süßer Junge
oh wie habe ich dich geliebt
in Pembroke in Mira in Venedig
und von dir schon auf ewig Verlorenem
mein zarter süßer Liebling
mein unerreichbares Kind
bleibt mir der Schmerz die Einsamkeit
dieser Geruch nach verwelkten Blumen
dieses grauenvolle Leid für immer
dieses Leid ohne jegliches Echo.

Und deine Schritte
und deine Schritte die sich entfernen.

Laikipia, 26. April 1983

In einen regnerischen Sonnenuntergang hineingehen
gefolgt von meinen drei Hunden.
Im Schlamm rutschen die Stiefel
die Luft ist reich an frischen Gerüchen
es zersetzt sich der Elefantenmist
und schon schmücken neue Knospen die *murillei*
wie weißer Schaum.

Gehen ohne zu wissen wohin
an einen Ort zu groß für einen allein
und über einen anderen Pfad zum wartenden Haus zurück
und auf einen blühenden Garten stoßen
und auf zwei nebeneinanderliegende Gräber.

Laikipia, 26. April 1983

Wo bist du?
Du bist der Regen, du bist die Wolken
du bist diese dichte Aprilluft
du bist diese sich verwischenden Spuren
dieser Schlamm der nach Leben riecht
dieses aus den langen Wunden der Akazie
tropfende Harz
diese schwebenden Worte
dieser Schatten der hinter meinem Rücken wandelt.

Du bist der zu weite Pullover
den ich jetzt trage.

Wo bist du?
Die Leere die du hinterläßt
können Worte nicht beschreiben.

Wo bist du?
Ich habe dich gesucht zwischen den grünen Schlangen,
zwischen den jungen Ästen deiner Akazie
im Morgengrauen habe ich dich gesucht, Emanuele

in den verhangenen Sonnenuntergängen des großen Regens.
Mich umgibt deine Gegenwart,
dein Geruch, deine Dinge, deine Erinnerungen.
Von den Fotos blickst du mich aufmerksam an
nachdenkliche Augen die jenseits sehen
die schon wissen.

Laikipia, 27. April 1983

Tränen?
Wo entstehen die Tränen
unerschöpfliche Quellen
wie majestätische Flüsse Afrikas
Tränen die meine Augen geweint haben
Tränen Tränen Tränen
für immer für immer für immer Tränen
fließen draußen drinnen
um mich herum.

Laikipia, 2. Mai 1983

Wo bist du? Das ist die größte Frage
die Realität die ich nicht verstehen, nicht akzeptieren
  kann
diese deine Abwesenheit.
Liebling, wo bist du?

Im Morgengrauen wandle ich allein auf der Wiese
ein *kikoi* um den Kopf geschlungen
Gordon folgt mir
auf deinem Grab verblühen Blumen,
die Asche noch warm
vom Feuer das ich jeden Abend anzünden lasse
zum Schutze deines versteckten letzten Refugiums
aber wo bist du?

Ich suche dich
ich suche dich allerorten
in den perlmuttfarbenen Morgendämmerungen
  die mich schlaflos überraschen
in den Sonnenuntergängen aus Feuer
in den langen Nächten der kalten Sterne

im wolkenverhangenen Mond dieser ersten strömenden
  Regengüsse
Ich rufe dich bei jedem meiner Schritte
und lausche und lausche
in der Hoffnung du mögest antworten.

Laikipia, 3. Mai 1983

Eisige Regenstiche auf meinem Gesicht
triefendes Haar
und mit Oria rennend und rutschend zum Toyota.
Im Schlamm mit klappernden Zähnen fahren
zitternd aber am Leben
am Leben ich, deine Mutter, und du nicht.

Die eisige Kälte des Todes ist eine andere Kälte.

Laikipia, *4. Mai 1983*

Drückender Aprilnachmittag
vor dem großen Regen
Zikaden von der Sonne betäubt
trockenes Gras
in der Luft ausgedörrte Euphorbien
wie flehend ausgestreckte Hände
und in der Äquatorhitze
dein eiskaltes Gesicht, mein Liebling,
meinem letzten Kuß zugewandt
in deinem Holzsarg.

Laikipia, *4. Mai 1983*

Holzsärge
gelbe Akazien
roter Hibiskus
Schaufeln voll ockerfarbener Erde
venezianische Musik des Settecento
Salvenschüsse
Elefantentrompeten im Hintergrund

und derselbe identische Himmel
und derselbe identische Platz
dieselben Menschen
– aber für dich zusätzlich noch deine jungen Kameraden –
ich im selben Kleid
während ich euch zu Grabe trug, Paolo, Emanuele.
Und nun?

Laikipia, 5. Mai 1983

Der riesige sonnenfarbene Stein
auf deiner Grube, Emanuele
und Mapengo-Mensch der Schlangen und Urwälder –
pflegt nun treu dein Grab.

Laikipia, 12. Mai 1983

Ich kann nicht schlafen.
Seine Stimme kommt und geht
Sein Gesicht kommt und geht
– oh wo ist er wo ist er wo ist er –
Ich kann nicht schlafen.

Ich will den Generator nicht ausschalten
und zulassen daß die Träume kommen
und zulassen daß die Alpträume mich gefangennehmen
unvorbereitet
oh ich kann nicht schlafen
oh Emanuele ich bitte dich
ich kann nicht mehr schlafen.

Laikipia, 13. Mai 1983

Heute ein Meer – aber was ist schon ein Meer –
ein Foto in der Zeitung aber was ist schon ein Foto
oh ich liebe dich
aber was ist schon meine Liebe
oh Emanuele
wo bist du wo bist du wo bist du.

Laikipia, 14. Mai 1983

Der Leopard war tot
der Regen kam mit eiskalten Fingern
lief unter meine eisige Haut
der Leopard war im Busch gestorben
und gefrorener Hagel fiel hernieder
wir rannten im schlammigen Wasser
triefend naß bis auf die Knochen
fern von der Wärme des Feuers
– aber lebend –
und so kalt wie meine kalten Hände waren
so waren sie doch nicht so kalt wie deine toten Hände
Emanuele.

Laikipia, 15. Mai 1983

Ein Feuer jede Nacht auf deinem Grab
oh mein Baby
ein Feuer um dich zu wärmen
wenn die Sterne zu kalt sind
oh mein Baby
dein Grabstein wie ein Kissen
und dein Grab wie ein Bett
oh mein Baby
das man pflegen muß und neben das ich mich setze
gleich deiner letzten Wiege
oh mein Baby.

Ist dir kalt? Bist du allein?
Fehlt dir die Sonne und das Leben?
Wo bist du, mein einziger Sohn
wohin bist du wirklich gegangen?

Laikipia, 18. Mai 1983

Die Kühe zur Mittags-*menanda*
wie immer in diesen kühlen Morgenstunden
nach dem ersten Regen.
Die Kühe zur Freitags-*menanda*
ziehen muhend vorüber
ziehen muhend vorüber.

Ich sitze an deinem Grab, Emanuele
kalt sind meine Füße
meine Finger umklammern steif den Stift
steif wie deine Finger
als ich für immer mein Foto dazwischenlegte.

Ich weine und weiß nicht mehr warum ich weine
ich spreche und weiß nicht warum ich spreche
ich liebe dich und weiß nicht wohin diese Liebe geht
die ich dir nicht mehr schenken kann.

An meiner Tafel ist ein leerer Platz
er ist für dich bereitet.
An deinem Platz steht ein roter Hibiskus,

er ist für dich bereitet.
Bald wirst du kommen, Emanuele,
bald wirst du kommen
mit deinem weitausholenden schlaksigen Gang
bald wirst du kommen
und mich hier überraschen.

Laikipia, 26. Mai 1983

Tag für Tag
wächst Gras und wird geschnitten
Vögel nisten und schlüpfen
kleine himmelblaue Eier brechen auf
und Schalen fallen unter die gelben Akazien.

Nacht um Nacht
Sterne und Wolken und Monde
sehe ich vorüberziehen in demselben Himmel
durchsichtig kalt irisierend
deine Feuer brennen und Asche häuft sich
aus diesen
dir Emanuele

geopferten Bäumen
ich gehe zu deinem Grab mit den Hunden
ich stehe zwischen dir und Paolo
beim Schein des Feuers
sehe ich dem täglich frischen Hibiskus beim Welken zu
– auch morgen werde ich ihn wieder bringen –
ungläubig streichle ich eure Steine
ungeeignet um all meinen Schmerz zu fassen.

Nairobi, 19. Juni 1983

Deine schönen intelligenten
Augen, mein Liebling
wo sind deine Augen.

Meine Holzstufen
knarren nicht mehr unter deinem
schweren schnellen sprunghaften
Schritt.

wo ist deine grüne Büchertasche
die du dir fröhlich von den Schultern ludst

dieses Haus hallt wider von dir, von Paolo
der Gang die Zimmer die Musik
der leere Platz am Tischende
die Kerzen angezündet wie immer
die nur von den Vorhängen zurückstrahlen
Wo ist dein Gesicht?

Nairobi, 19. Juni 1983

Warum kann ich nichts mehr haben
nichts mehr von dir, nicht ein Zeichen
ein flüchtiges Zeichen nur
ein Windhauch auf dem Gesicht
ein Schritt hinter mir
ein Echo
nur das Geräusch deines Motorrads
vielleicht
auch nur Musik aus deinem geschlossenen
Zimmer
eine liebende Präsenz
eine Erinnerung an gedämpftes Licht
deine Stimme die ruft.

Nairobi, 15. November 1983

Zu deinem Zimmer kehre ich zurück, Emanuele,
ich betrachte und befühle deine Sachen
setze mich an den wartenden Schreibtisch
lese einen deiner letzten Briefe
und ungläubig bleibt mir im Herzen
ohne Antwort
die täglich wiederkehrende Frage
warum bist auch du gestorben?

Auferstehung

Ganz allmählich, während ich noch weinte, schrieb, mit mir selbst und mit ihnen Gespräche führte, meinen Körper durch lange Fußmärsche über Abhänge, steile Abgründe und gelbe Savannen an den Rand der Erschöpfung trieb, während ich Hügel erklomm und mich alleine still hinsetzte, um von der Höhe der Steilwände über dem Tal des Großen Rift unendliche Sonnenuntergänge zu betrachten, begann ein Gedanke in mir zu keimen und Tag für Tag immer stärker Form anzunehmen.

Meine Katharsis, mein Kreuzzug, meine Auferstehung.

Einem italienischen Freund schrieb ich am 30. Juni 1983 als Antwort auf sein Beileidschreiben:

»... Ich frage mich, wieso unsere Lebenswege gerade hier in Afrika endeten und an der äußersten Grenzlinie dieses Gartens zusammengelaufen sind, der sich, genau abgezirkelt, wie eine Startrampe zu einer kosmischen Reise in den Weltraum vorschiebt. Jeden Abend brennt ein Feuer neben meinen Gräbern, und ich spaziere mit den Hunden dorthin.

Der Himmel Afrikas scheint näher, grenzenloser und strahlender als der europäische Himmel zu sein: In einem Land, in dem alle Farben kräftig und die Kontraste intensiv sind, da leuchten auch die Sterne wie kalte Feuer, entzündet von kräftigen, längst verschwundenen Händen.

Ich betrachte die Sterne, deren Licht zu uns herabscheint, die aber vielleicht schon seit Jahrtausenden erloschen sind, und ich versuche zu entdecken, was sich hinter alledem verbirgt, ein Geheimnis, dem ich doch schon auf der Spur sein müßte, wenn es denn stimmt, daß man am Leiden wächst.

Noch im Sterben hat mich Emanuele etwas Wichtiges gelehrt. Nicht nur, weil er mutig gestorben ist.

Was sich in Emanueles offenen Augen widerspiegelte, das war der immer gleiche Himmel, die Blätter und die Wolken, die er nicht mehr sehen konnte.

In einem einzigen Augenblick, im Übergang zwischen Hoffnung und Verzweiflung, zwischen Leben und Tod, zwischen Davor und Danach, habe ich begriffen, daß dieser Natur, die uns erschafft, ernährt, zerstört und uns gleichmütig überlebt, unser Respekt gebührt, daß sie als einzig wahre Gewißheit geachtet gehört. Deswegen wird Laikipia der Sitz einer Paolo und Emanuele gewidmeten Stiftung werden, wo junge und – wie es einst Emanuele gewesen ist – be-

geisterungsfähige Menschen jenes Stück Erde werden kennenlernen können, das er und Paolo so geliebt und verstanden haben. Sie werden lernen, damit umzugehen und es zu beschützen. Die Ranch wird ein nützliches und positives Symbol des Überlebens werden, der Fähigkeit des Geistes und des Herzens, jeglichen Widerstand zu überwinden. Sie wird als Gedenkstätte zu ihrer Erinnerung weiterleben.
Zum Gedenken an den Sieg der Liebe über Schmerz, Verschwendung und Tod.
Ich kann die Vergangenheit nicht ändern.
Die Gegenwart jedoch gehört mir, und die Zukunft bedeutet Hoffnung.
Für Sveva, die weiterhin lächeln soll, und um dem Leben Paolos und Emanueles und meinem in Afrika, in diesem Land, das wir uns ausgesucht haben, einen Sinn zu geben, der über die Zeit hinausreicht.
Es hängt von mir ab.«

So entstand die Gallmann Memorial Foundation.

1984

Zwei Jahrestage

And we ourselves shall be loved for a while and shall be forgotten. But the love will have been enough. There is a land for the living and a land for the dead and the bridge is love, the only survival, the only meaning.

Thornton Wilder, The Bridge of San Luis Rey

(Und was uns betrifft, so werden wir eine Zeitlang geliebt und dann vergessen werden. Aber der Liebe wird es genug gewesen sein. Es gibt ein Land für die Lebenden und ein Land für die Toten, und die Brücke ist die Liebe, die einzige Überlebenskraft, der einzige Sinn.
Thornton Wilder, Die Brücke von San Luis Rey)

In der Nacht, als Emanuele starb, zündeten jene, die sein Grab aushoben, am Ende des Gartens ein Feuer an, um bei der Arbeit Licht zu haben. Seitdem brennt das Feuer jede Nacht, und ein *askari* hält an den Gräbern Wache.

Und jedes Jahr im März oder April fliegen Freunde nach Laikipia, um mit mir und Sveva Paolos und Emanueles zu gedenken.
Was zählt, ist die Erinnerung.
Nachdem uns Emanuele verlassen hatte – Sveva war gerade zwei Jahre alt –, begann ich in Englisch zu schreiben: Es gab niemanden mehr, mit dem ich in meiner Muttersprache hätte reden können.
Dies ist die Übersetzung aus dem Englischen von dem, was ich 1984, zum dritten Todestag von Paolo und zum ersten Todestag von Emanuele, gesagt habe. Die Wunden begannen zu heilen.

Kuti, 19. März 1984

PAOLOS DRITTER TODESTAG
Mit den Freunden bei den Gräbern
Hier sitzen wir noch einmal
um deiner zu gedenken, Paolo.
Wir erinnern uns an den Mann der du warst
den Mann den wir kannten und liebten.

Für immer werden deine Augen blau sein
und deine Stimme jung.
Für immer wirst du Laikipia durchstreifen
und die Gefilde unserer Erinnerung
im weitausholenden mühelosen Laufschritt.
Hier sind wir wieder
mit dem Mond und dem Feuer
mit dem gleichen Wind, der gleichen Stille
und die Musik die du liebtest
wir, deine Gefährten
in dem Traum den wir Leben nennen.

Wir sind hier, einer jedoch fehlt beim Appell.
Indem wir deiner gedenken,

gedenken wir auch seiner
und wir sehen euch zusammen
mit dem Wind galoppieren
am Rande der Wolken sitzen
in den korallenen Sonnenuntergängen
in allen Himmeln fliegen
wieder zusammen
so wie eure Bäume zusammen wachsen
aus euren Körpern, aus diesen beiden Gräbern.

Wenn das, was uns umgibt
und wovon ihr und wir ein Teil sind,
ein Kosmos ist und kein Chaos
wenn alles in der Natur bestimmten Regeln gehorcht
werden wir wieder zusammen sein
irgendwie, irgendwo.
Ihr seid nur vorausgegangen.
Ihr seid immer schon schneller gegangen.

Bis dahin werdet ihr in uns weiterleben,
du in den blauen Augen deiner Tochter.
Wie sagte der Dichter:
»... noch eine kleine Weile

eine Ruhepause auf den Flügeln des Windes,
und eine andere Frau wird mich gebären.«
Laßt uns versuchen, in jedem Ende
einen Anfang zu sehen,
in jedem Schmerz eine Freude,
und in der Verzweiflung Hoffnung.

Paolo, wir haben dich immer geliebt.
Heute nacht lieben wir dich noch mehr.

Laikipia, *12. April 1984*

ERSTER TODESTAG VON EMANUELE
Mit den Freunden bei den Gräbern
In unseren Köpfen heut' abend
nur ein einziger Gedanke:
schon ein Jahr.
Der Verstand kann nicht akzeptieren
was unser Herz so sicher weiß.
Aber der Verstand existiert im Körper
und der Körper existiert in der Zeit.
Du hast die Zeit überwunden.

Es macht nichts mehr aus
daß dein Körper tot ist
wenn wir dich noch lieben können.

Unsere Liebe zu dir hat die Zeit besiegt
sie hat uns heut nacht hier zusammengeführt
lange nachdem du gegangen bist.

Deine Liebe zu uns hat die Zeit besiegt
weil wir sie spüren können jetzt,
in deiner körperlosen Gegenwart.

Ich habe nach Worten gesucht
um mit dir zu sprechen, Emanuele,
und nur eines gefunden:
Danke.
Danke weil du mich gelehrt hast
ohne Worte mit dir zu sprechen
deiner Stimme ohne Laut zuzuhören
mich ohne Gesten mitzuteilen.
Danke weil du mich gelehrt hast
was die Freiheit ist
und mich so von jeglicher Angst befreit

daß so wie wir am Ende eines jeden Tages schlafen,
sterben am Ende eines jeden Lebens
um immer und immer wieder neu geboren zu werden
bis wir genug gelernt haben:
vielleicht wußtest du schon alles.

Dennoch, im Schlaf träumen wir.
Mein junges Ich spielt mit dem Kind das du einst warst
denn die Zeit ist bedeutungslos im Schlaf
der Körper bleibt weit weg.
Im Schlaf fliegen wir zusammen
besuchen alle Sterne
sind gleichzeitig überall
wie du.
Der Tod ist nichts anderes
– hast du mich gelehrt –
als das Sichöffnen des Kokons
als das Keimen des Samens
als das Aufbrechen des Eis.

Aus der ausgetrockneten Raupe ein Schmetterling
aus dem aufgebrochenen Samen eine Pflanze
aus der zerbrochenen Schale ein Vogel

aus dem toten Körper ein Leben.
Es ist nur ein anderes Stadium.

Denn es gibt kein Leben ohne Tod
kein Wachstum ohne Leiden
Glück ohne Schmerz:
die Gegensätze sind dieselben.

Danke weil du mich gelehrt hast
das Leben mit Staunen zu betrachten
und die unausweichliche Schönheit
des Todes zu erkennen.

Danke weil du mit deinem Leben und Sterben
mir geholfen hast zu wachsen.

Auch die Sterne sterben
und dennoch sehen wir noch ihr Licht.

Die Wolke die du warst
ist Himmel geworden.
DU BIST für immer.
Ciao Pep. Flieg hoch.

Mamma

Wörterbuch der Swahili-Ausdrücke und der Ortschaften

askari	Schwarzafrikanischer Soldat
boma	Pferch, Gehege
Colcheccio	Carlettos Besitz bei Ol Ari Nyiro
dam	kleiner künstlicher See
daho	Holzboot mit Segel
duka	kleiner einheimischer Laden
fundi	Handwerker
Enghelesha	der höchste Hügel in Ol Ari Nyiro
kanga	traditionelles weites Frauengewand
kati kati	mittlere; Mitte
Kilifi	Lieblingsort an der Küste, nördlich von Mombasa
kikoi	traditionelles Männergewand aus farbiger Baumwolle
Kuti	Ort, wo mein Haus steht
lelechwa	wilder Salbei
lugga	kleines Tal

makuti	geflochtene Palmenblätter
Mara	Großes Reservat in Kenia Richtung Serengeti
menanda	Desinfektion des Viehs von Parasiten und der Ort, wo dies geschieht
Mukutan	riesige und steile Schlucht in Laikipia. Wörtl.: »Treffpunkt«
Mugongo ya Ngurue	langer Hügel in Ol Ari Nyiro. Wörtl.: »Schweinerücken«
murera	Akazie
murillei	wilder Jasmin
mustoni	Wald
nungu nungu	Stachelschwein
Ol Ari Nyiro	der Besitz in der Region Laikipia, wo ich lebe. Wörtl.: »Der Ort der dunklen Quellen«
Pembroke	Emanueles Schule in Gilgil
Takaungu	Fjord an der Küste, nicht weit von Kilifi
tandarua	Zelt
Shimoni	Ort an der Küste, südlich von Mombasa phantastisch zum Fischen
shuka	Schal, Umhängetuch

warani	junge Krieger
Sansibar	Insel im Indischen Ozean, berühmt für ihre Holzschnitzereien

Über die Autorin

Kuki Gallmann, in der Nähe von Venedig geboren und aufgewachsen, hat in Padua Politische Wissenschaften studiert. 1970 sah sie Kenia zum ersten Mal, 1972 machte sie es zu ihrer neuen Heimat. Nach dem tragischen Tod ihres Mannes und ihres Sohnes wandelte Kuki Gallmann die Familienfarm in die *Gallmann Memorial Foundation* um, die sich aktiv für ein harmonisches Miteinander von Mensch und Umwelt und für die Förderung der Einheimischen einsetzt (The Gallmann Memorial Foundation, PO Box 45593, Nairobi, Kenia, Afrika). Kuki Gallmann lebt mit ihrer Tochter in Laikipia, Kenia. Ihre Autobiographie *Ich träumte von Afrika* wurde ein internationaler Bestseller.